Impressum:

Personen und Handlungen sind frei erfunden.
Ähnlichkeiten mit lebenden oder verstorbenen Personen sind zufällig und nicht beabsichtigt.

Besuchen Sie uns im Internet:
www.papierfresserchen.de

© 2017 – Papierfresserchens MTM-Verlag GbR
Oberer Schrannenplatz 2, 88131 Lindau
Telefon: 08382/7159086
info@papierfresserchen.de
Alle Rechte vorbehalten.
Erstauflage 2017

Lektorat: Melanie Wittmann
Herstellung: Redaktions- und Literaturbüro MTM
www.literaturredaktion.de
Cover: Ariane Gilgenberg-Hartung

Druck: Bookpress / Polen
Gedruckt in der EU

ISBN: 978-3-86196-705-7

Karamba la Lune

Die Drohung

von
Leonie Stober

☙ ☾ ☙

*Schwarz wie die Nacht,
hell wie der Mond,
schlau wie ein Fuchs,
stark wie ein Bär:*

Karamba la Lune

☙ ☾ ☙

Inhalt

Ein Tag im Juli	6
Die Gewitternacht	10
Rätselhafte Entdeckung	15
Wer ist der Unbekannte?	17
Ferienpläne	22
Die Drohung	24
Wanderreiten	32
Die Narbenhand	37
Gute Aussichten	40
Wo ist Karamba?	43
Alte Bekannte	51
Der Unfall	54
El Diablo	56
Schwerwiegende Folgen	62
Freundschaft	66
Schwere Zeiten für Karla	69
Böse Überraschungen	74
Feinde?	78
Freunde für immer	83

Ein Tag im Juli

Die Sonne schien heiß vom wolkenlosen Himmel. Karla saß auf dem Gatter der Koppel, auf der die kleine Pferdeherde des Hofes stand. Etwas abseits von den anderen graste ein schwarz-weißer Araberhengst. Karla stieß einen kurzen Pfiff aus, der Araber hob sein edles Haupt und trabte in geschwungenen Schritten zum Gatter. Das Mädchen strich ihm liebevoll über die Nüstern und drückte ihm einen kleinen Kuss auf die Stirn, die von einem weißen Sichelmond gezeichnet war. Diesem Symbol verdankte der Hengst seinen Namen: Karamba la Lune.

Seit etwas mehr als einundhalb Jahren gehörte dieses wunderschöne Pferd Karla. Eines Tages hatte sie ein Amulett mit der Abbildung des Araberhengstes gefunden und einige Jahre später hatte ein Mann namens Paul Schneider, der Karamba eingefangen hatte, als er noch herrenlos in der Gegend herumgestreunt war, ihn zu Julias Eltern auf den Hof gestellt. Karamba war einem Dieb entwischt, der ihn seinem alten Besitzer, einem Müller auf einer kleinen Südseeinsel, gestohlen hatte.

Ein kühlender Luftzug rauschte durch die Bäume, die um den Reitplatz herumstanden. Karla genoss die Sonne, die ihr warm ins Gesicht schien. Das 13-jährige Mädchen warf seine langen blonden Haare zurück und schlenderte hinunter zum Hof, um Karambas Halfter zu holen. Dort traf sie ihre Reitlehrerin Julia. Sie war 17 Jahre alt und ihren Eltern gehörte der Reiterhof. Seit einigen Jahren gab sie Karla Reitunterricht. Karla selbst wohnte auf dem Nachbarhof, auf dem es außer ein paar Wildkatzen und zwei Meerschweinchen leider keine Tiere gab. Ihr Vater war der Verwalter dort.

Julia, die das Sattelzeug ihrer Stute Lenka Rose hergerichtet hatte, nahm nun das Halfter von einem Haken an der Stalltür und machte sich auf den Weg zur Koppel, um ihre Quarterhorsestute für einen kleinen Ritt fertig zu machen.

„Na, was hast du bei dem traumhaften Reitwetter noch so vor?", fragte sie Karla mit einem verschmitzten Lächeln.

„Och, ich denke, ich werde ein bisschen ausreiten und mal sehen, was mir dann noch so alles einfällt", antwortete Karla und machte sich auf den Weg in die Sattelkammer, wo sie sich Karambas Westernsattel schnappte und seine sauber gearbeitete und schön verzierte Trense an den Sattelknauf hängte. Schwer bepackt stiefelte sie zum Putzplatz. Kurz darauf verschwand sie noch einmal im Stall, in dem es trotz der brütenden Hitze angenehm kühl war. Sie holte ihre Putzkiste, die unter dem Bock, auf dem Karambas Sattel gelagert wurde, stand, und nahm das Halfter des Araberhengstes von einem der Haken vor der Futterkammer.

Eine Minute später stand sie schon wieder an der Koppel, von der ihr gerade Julia und die Fuchsstute Lenka Rose entgegenkamen. Sie schlüpfte durchs Gatter und pfiff kurz durch die Zähne. Karamba hob seinen Kopf und blickte sie mit seinen ruhigen schwarzen Augen an. Ein Lächeln huschte über Karlas Gesicht.

Neben dem prächtigen Hengst stand ein Pferd, das man aus der Ferne nur schwer von ihm unterscheiden konnte. Es hatte ebenfalls schwarz-weißes Fell und war genau wie er mit einer Sichelmondblesse gezeichnet. Eine Araberstute. Morgan le Fay hieß sie und war Karambas Zwillingsschwester. Daher kam das fast identische Aussehen. Morgan war nach einer Hexe aus den bekannten Sagen von König Artus benannt und hatte etwas ungewohnt Wildes an sich. Im Grunde war sie aber lammfromm. Doch eine Macke hatte sie: Sie ließ sich nur von ihrer Besitzerin, Karlas bester Freundin Emma, reiten. Genau wie sich Karamba nur von Karla reiten ließ. Versuchte dennoch jemand, sich auf seinem Rücken zu halten, so missglückte das meistens und der Betreffende landete in hohem Bogen im Dreck. Manchmal schaffte es Karla, Karamba zu führen, während jemand anderes auf ihm saß. Das akzeptierte er, weil er wusste, dass Karla nie jemand auf ihm reiten lassen würde, der ihn misshandelte oder zu etwas zwang, das er nicht konnte. Ja, Karamba vertraute Karla und Karla vertraute Karamba. Die beiden waren ein super Team.

Karla klopfte dem Hengst leicht den Hals und legte ihm das Halfter an, um ihn von der Koppel zu führen. Sie band Karamba neben Lenka Rose an einem Ring an und begann, das samtweiche Fell zu bürsten. Es war nun bald Mittag und die Sonne stieg höher am Himmel, weshalb es noch heißer wurde. Schon als Karla an diesem Morgen zum Reiterhof geradelt war, hatte die Sonne geschienen und es war bereits sehr warm gewesen. Karla verbrachte jede freie Minute auf dem Reiterhof und bei ihrem Pferd. So hatte sie auch an diesem Tag entschieden, einen kleinen Ausritt zu unternehmen.

Als Karambas Fell so sauber war, dass es glänzte, sattelte und zäumte sie das Pferd. Kurz darauf ritt sie glücklich den Feldweg an der Koppel entlang und bog bald in ein kleines Wäldchen ein. Die Bäume spendeten ein wenig Schatten und Karla genoss den Ritt. Ihr Ziel war ein kleiner See. Blaugrün schimmerte das Wasser und ein paar Schwäne zogen ihre Bahnen. Über dem See kreiste ein Bussard und stieß ab und zu seine Schreie aus. Das Mädchen band Karamba an einer der dicken, alten Eichen an und ließ sich ins

Gras fallen. Sie schloss für ein paar Minuten die Augen und lauschte dem Gesang der Vögel und dem Rauschen der Bäume.

Als sie die Augen wieder aufschlug, saß ein Mädchen neben ihr. Es hatte schulterlange braune Haare und schöne kastanienbraune Augen. „Hey, Karla, du bist doch nicht etwa eingeschlafen?" Es war Emma, Karlas beste Freundin. Sie gingen in die gleiche Klasse und kannten sich schon seit einer Ewigkeit.

„Nee, ich habe nur den Vögeln und den Bäumen zugehört. Die erzählen so spannende Geschichten", meinte Karla und lachte.

Emma legte sich neben Karla ins Gras und meinte belustigt: „Na dann, wenn's weiter nichts ist. Ich dachte schon, du hörst das Gras wachsen."

Die beiden lagen eine Weile lachend nebeneinander. Dann standen sie auf und liefen zu ihren Pferden. Emma hatte Morgan le Fay neben Karamba angebunden und die beiden Pferde rupften genüsslich Grasbüschel aus dem Boden. Der See war ein schöner, ruhiger Ort, an dem man gut nachdenken konnte. Die beiden ritten oft hierher. Doch nun machten sie sich wieder auf den Rückweg zum Hof.

Die Gewitternacht

An diesem Abend konnte Karla schlecht einschlafen. Es war heiß in ihrem Zimmer, da es nachts nicht viel abkühlte. Außer es gab eines der heftigen Sommergewitter, die für etwas kühlere Luft sorgten. Wolken waren am Himmel aufgezogen und hatten den klaren Vollmond verdeckt. Karla stand auf und ging zu ihrem offenen Fenster. Draußen brauten sich mehr und mehr dicke Regenwolken zusammen und vereinzelt zuckten Blitze in der Ferne.

An solch heißen Tagen, wie dieser es gewesen war, blieben die Pferde oft über Nacht auf der Koppel und wurden während der heißen Mittagsstunden in den Stall gelassen. So auch heute. Doch das Gewitter, das aufzog, kam überraschend. Die Pferde mussten möglichst schnell in den Stall gebracht werden, bevor sie durch Blitz und Donner erschraken und schlimmstenfalls sogar in Panik über den Holzzaun der Koppel sprangen. Denn Pferde waren bekanntlich Fluchttiere.

Karla zog sich eine Hose und ein T-Shirt über. Sie wollte auf alles vorbereitet sein. Es war schon einmal vorgekommen, dass Shakyday aus lauter Angst vor dem Donnern über den Koppelzaun gesprungen war, was alle ziemlich erstaunt hatte, denn Shakyday war viel, aber ganz gewiss kein Springpferd. Mit einem Tritt hatte Blounaya Rock Cloulynboy damals einen Teil des Zaunes zersplittert und sich so ebenfalls einen Weg in die Freiheit gebahnt, um ihrem Freund Shakyday zu folgen. Es war zu höchster Eile angetrieben worden, denn für die beiden Pferde hätte es aufgrund des Gewitters gefährlich enden können. Karla hatte Angst, dass auch Karamba in solch eine Gefahr geriet, und wollte für den Notfall gerüstet sein. In diesem Moment klingelte ihr Handy. Es war Julia.

„Karla! Sorry, dass ich dich mitten in der Nacht aus dem Bett hole, aber die Pferde spielen mal wieder verrückt. Es ist unmöglich, sie ruhig in den Stall zu treiben. Das Gewitter ist so plötzlich und unerwartet aufgezogen, dass wir nicht rechtzeitig etwas unternehmen konnten. Und noch was, aber da bin ich mir nicht ganz sicher ..."

„Ich bin gleich da!", rief Karla in heller Aufregung, nahm, während sie sich knapp von Julia verabschiedete, ihre Jacke vom Haken, steckte das Handy in die Tasche und öffnete die Tür zum Schlafzimmer ihrer Eltern. Diese waren ebenfalls wegen des Gewitters wach geworden. „Es gibt einen Notfall", flüsterte Karla, während sie sich hastig ihre Jacke anzog. „Die Pferde drüben bei Julia drehen durch, ich muss zu Karamba!"

„Aber nicht mit dem Fahrrad, das ist bei einem Gewitter viel zu gefährlich. Komm, ich fahr dich geschwind", meinte ihr Vater noch etwas verschlafen, war jedoch rasch auf den Beinen. Ohne sich die Zeit zu nehmen, seinen Schlafanzug gegen Jeans und T-Shirt zu tauschen, zog er seine Schuhe und eine Jacke an und griff nach dem Autoschlüssel. Karlas Mutter konnte nur den Kopf schütteln.

Wenig später war Karla auf dem Hof angekommen. Blitze zuckten über den Himmel und langsam begann es zu regnen. Samara stand im Hof und blickte besorgt in den Himmel. Neben ihr kauerten die beiden Australian-Shepherd-Hunde Bob und Shelly. Samara – genannt Sama – war Julias ältere Schwester. Diese kam soeben von der Koppel.

„Ich habe noch mal versucht, sie einzufangen, aber es hat keinen Zweck. Die spinnen völlig rum. Wenn wir's nicht bald schaffen, wird es ernsthaft gefährlich."

Julias Vater stand immer noch am Gatter und versuchte, die Pferde zu beruhigen. Karamba, dem man sein Arabertemperament eindeutig anmerkte, raste auf der Koppel herum wie blöde. Morgan war ebenfalls kaum zu halten und auch der sonst so gemütliche Shakyday galoppierte panisch über die Koppel.

Plötzlich wurde es für einen Augenblick so hell, dass sich alle geblendet die Augen zuhielten. Aber es war kein Blitz gewesen, sondern ein Auto, das oberhalb der Koppel auf den Feldweg abbog und in rasantem Tempo davonfuhr.

„Wer war das denn? Durch das Auto sind die Pferde jetzt noch verrückter. Oh Mann, das hat uns gerade noch gefehlt", stöhnte Julia. Keiner von ihnen hatte das Auto genau erkennen können, es war viel zu schnell gewesen und hatte sie geblendet.

Da kam Emma zur Koppel gestürzt. Auch sie war informiert worden und daraufhin sofort angerückt. „Na, gibt's was Neues?", fragte das Mädchen völlig außer Atem.

„Nein, nur dass so ein bescheuerter Autofahrer natürlich genau an der Koppel vorbeirasen musste und die Pferde jetzt noch nervöser sind", meinte Karla.

„Was macht ein Auto um diese Uhrzeit auf dem Feldweg, noch dazu bei Gewitter?", fragte Emma irritiert.

„Vielleicht war derjenige gerade wegen des Gewitters unterwegs. Es gibt Leute, die fahren Gewittern und so hinterher, um sie sich anzusehen oder Fotos zu schießen", tippte Julia, doch sie wusste, dass diese Theorie nicht mit ihrer Beobachtung zusammenpasste. An diese dachte sie allerdings in der Aufregung nicht. Da nun auch Karla und Emma mithalfen, schaffte die Truppe es sogar, die Pferde in den Stall zu treiben. Als alle Tiere in Sicherheit waren, zeigte die Uhr bereits vier Uhr morgens an. Karla beschloss, noch einmal schlafen zu gehen und gleich nach dem Frühstück wieder zum Reiterhof zurückzukommen. Müde und geschafft sank Karla kurz darauf in ihr Bett. Das Gewitter war abgezogen und nur noch ab und zu war ein dumpfes Grollen in der Ferne zu hören.

Ein paar Stunden später wachte das Mädchen noch ziemlich erschöpft, aber gut gelaunt auf. Ihr erster Blick galt dem Wetter draußen. Die Sonne schien und außer ein paar kläglichen Pfützen, in denen die Spatzen badeten, erinnerte nichts mehr an das Gewitter in der Nacht.

Traktoren brummten auf dem Hof und vom anderen Ende der Wohnung her drang Ballettmusik an Karlas Ohren. Das konnte nur eines bedeuten: Karlas kleine Schwester probte mal wieder. Cindy, ein fröhliches und verrücktes Mädchen von zehn Jahren, liebte das Balletttanzen und hatte auch schon an zahlreichen Tanzwettbewerben teilgenommen.

„Guten Morgen, Schwesterherz, hab gehört, du hattest Nachtschicht. Hahaha, ich hab durchgeschlafen und nix mitgekriegt", begrüßte Cindy sie.

„Ja, du Primaballerina, du kannst froh sein, dass du schlafen konntest", lächelte Karla.

„Tja, du Spitzenreiterin, stell dir vor, ich wäre froh gewesen, hätte ich mit dir zusammen die Pferde beruhigen können", grinste Cindy schelmisch zurück. Dann drückte sie auf die Play-Taste ihres CD-Spielers und widmete sich wieder dem Tanzen. Da kam Karlas Mutter aus der Küche und brachte einen Korb mit frischen Aufbackbrötchen zum Frühstückstisch. „Guten Morgen, Karla, na, konntest du noch ein bisschen schlafen?", fragte ihre Mutter. Karla nickte nur. Mit ihren Gedanken war sie bereits wieder auf dem Reiterhof, das hieß, eigentlich mehr bei Julia. Hatte die junge Reitlehrerin nicht gesagt, es sei noch etwas, bei dem sie sich aber nicht ganz sicher sei? Irgendetwas in der Art hatte sie nachts am Telefon gesagt. Das Mädchen beschloss sich mit dem Sonntagsfrühstück zu beeilen, um sofort anschließend zum Nachbarhof zu radeln und Julia zu fragen, was sie gemeint hatte. Gesagt, getan. Nach einem leckeren Frühstück ging Karla in den Stall. Julia war sehr müde. Sie hatte in dieser Nacht kaum noch Schlaf gefunden.

Karla machte sich auf den Weg in den Stall, um Karamba zu begrüßen. Der Hengst stand dösend in seiner Box, blinzelte Karla jedoch freudig entgegen, als sie den kühlen Stall betrat. Das Mädchen ließ seine Hand durch Karambas seidige Mähne fahren und strich sanft über seine Nüstern. Dann ging sie zu Julia, die auf einer Bank vor dem Haupthaus saß und die beiden Hunde streichelte.

Karla setzte sich zu ihr. „Hey, diese Nacht, als du mich angerufen hast, hast du gesagt, dass noch etwas ist, worüber du dir allerdings nicht ganz sicher warst", schnitt sie nach einer Weile das Thema an, das sie brennend interessierte.

„Ach ja, genau", antwortete die Reitlehrerin, „gestern, als wir verzweifelt versucht haben, die Pferde in den Stall zu treiben, ist mir eine Gestalt am oberen Koppelzaun aufgefallen. Genau an der Stelle, wo das Auto später hergekommen ist. Die Person hatte etwas in der Hand. Es könnte ein Fotoapparat gewesen sein. Normalerweise würde das zu meiner Theorie passen, aber was komisch war: Die Gestalt ist richtig erschrocken, als wir zur Koppel gekommen sind. Sie ist blitzschnell abgehauen. Das macht die ganze Sache für mich sehr verdächtig." Julia war nun hellwach.

Karla dachte eine Weile nach, dann entschied sie: „Lass uns oben an der Koppel nachsehen, ob wir irgendetwas finden, das uns weiterhilft."

„Super Idee, aber dann muss ich erst Lupe und Notizblock holen, oder meinst du, Sherlock Holmes verlässt ohne diese Gegenstände das Haus?"

„Lass gut sein, Miss Meisterdetektiv, das brauchen wir vorerst nicht."

Rätselhafte Entdeckung

Wenig später schlenderten die beiden am Zaun entlang zur oberen Seite der Koppel, wo ein asphaltierter Feldweg lag. Am Wegrand waren eindeutig die Spuren eines Autos zu sehen, das dort geparkt haben musste. Die Mädchen suchten den gesamten Bereich nach Hinweisen ab, bis Julia auf etwas stieß, das ihnen bei ihren Ermittlungen deutlich weiterhalf. Bei ein paar Tannen, die in einem durch einen Zaun von der Koppel abgetrennten Bereich der Wiese standen, lag etwas Dunkles. Es war eine kleine Tasche.

„Hey, Karla, ich glaube, ich habe einen wichtigen Anhaltspunkt", rief sie und hielt ihrer Freundin das Fundstück unter die Nase.

„Mach es auf, ich will wissen, was darin ist. Hoffentlich hilft uns das weiter." Karla rieb sich gespannt die Hände.

Die Tasche war nass und matschig, schien aber aus einem Material zu sein, das wasserundurchlässig war. Was auch immer sich darin befand, es war durch den Regen der vergangenen Nacht nicht beschädigt worden. Julia öffnete vorsichtig den Verschluss der Tasche und zog ... einen Fotoapparat heraus.

„Du hattest recht", staunte Karla, „wer auch immer gestern Nacht hier war, hatte einen Fotoapparat dabei und hat ihn in der Hektik verloren, als er flüchten wollte."

„Gut möglich", stimmte Julia zu.

Doch noch mehr ins Staunen kamen die beiden, als sie sahen, was das Display der Digitalkamera zeigte. Zuerst hatten sie nichts darauf erkennen können, da die Sonne sehr hell schien und sie blendete. Doch als sie genauer hinschauten, entdeckten sie, dass das zuletzt geschossene Bild zu sehen war, das eindeutig in der Nacht geknipst worden war, denn das Foto war extrem dunkel. Trotz alledem konnten sie doch das Objekt erkennen, das der Fotograf mit der Linse eingefangen hatte. Aufgeregt klickte Karla ein Bild zurück, um auch die anderen Fotos zu begutachten, die von dem Unbekannten aufgenommen worden waren. Alle Bilder, die sich auf der Speicherkarte des Apparats befanden, zeigten nur ein Motiv.

„Das ... das ist ja ... Karamba!", stammelte Karla verwirrt. Warum hatte man ihr Pferd bei Nacht fotografiert, noch dazu so oft? Morgan le Fay, die nicht wirklich anders aussah als ihr Bruder, war hingegen kein einziges Mal geknipst worden. Was hatte das alles zu bedeuten?

Ratlos blickten sich Julia und Karla an. Keine der beiden konnte auch nur ahnen, auf wessen Fährte sie gerade gestoßen waren.

Wer ist der Unbekannte?

An den Kotflügeln des schwarzen Sportwagens klebten mehrere überdimensional große Matschbrocken und über den Rest des eigentlich noblen Autos waren die Spritzer von ein paar gewaltigen Pfützen verteilt. Der Besitzer lehnte sich an sein Gefährt und machte sich prompt seinen schwarzen Pullover schmutzig. Das bemerkte er allerdings nicht, denn in diesem Moment war der Tank seines Autos wieder voll und er konnte den Zapfhahn herausnehmen. Er machte sich eilig auf den Weg zur Kasse, bezahlte und kaufte sich gleich noch ein mit Schinken und Salat belegtes Brötchen, in das er wenig später herzhaft hineinbiss, während er den Motor seines Schlittens startete. Sobald er sich auf der Landstraße befand, beschleunigte er das Tempo und drehte das Radio auf volle Lautstärke.

Eine Weile fuhr er so dahin, doch dann kamen ihm Zweifel und er bog in einen Feldweg ein und hielt an. Mit einem Griff auf die Rückbank vergewisserte er sich, dass der dunkelblaue Rucksack noch da war. Zur Kontrolle holte er ihn hervor und kippte den gesamten Inhalt auf den Beifahrersitz. Die Verpackung eines Schokoriegels kam zum Vorschein. Eine Dose Hustenbonbons, zwei Päckchen Zigaretten und ein etwas altmodisches Handy, das schon einiges erlebt zu haben schien, denn es war stark verkratzt und die Knöpfe waren kurz davor, sich aus ihrer Verankerung zu lösen. Doch das, was er suchte, befand sich nicht in seinem Gepäckstück. Ungläubig schüttelte er den Rucksack, nur um festzustellen, dass auch das nichts half.

Wo war der Fotoapparat? Er musste hier drin sein. Die Bilder, die er geschossen hatte, waren wichtig. Wenigstens ein paar hatte er machen können, bevor das Gewitter ihm einen gewaltigen Strich durch die Rechnung gemacht hatte. Nervös fuhr er sich mit der Linken, an der er eine breite, fleischige Narbe hatte, durch die kurzen schwarzen Haare und stopfte die Sachen in den Rucksack zurück.

Karla hatte gerade ihre Augen aufgeschlagen, als ihre Mutter am nächsten Morgen das Zimmer betrat. „Aufstehen, Karla, du musst in die Schule", meinte sie fröhlich, woraufhin ihre Tochter den Kopf einzog und wieder unter der Bettdecke verschwand.

Da betrat Cindy den Raum und machte kurzen Prozess, indem sie Karla einfach die Decke wegzog. Diese sah nun ein, dass Widerstand zwecklos war, und stand auf. Wieder schien die Sonne vom wolkenlosen Himmel und es war vermutlich schon recht warm draußen. Karla durchforstete ihren Kleiderschrank nach einem T-Shirt, zog eine knielange Jeans an und frühstückte. Dann holte sie ihre Schultasche aus ihrem Zimmer, verabschiedete sich von Cindy und ihren Eltern und holte ihr Fahrrad aus dem Abstellraum. Glücklich schwang sie sich aufs Rad und machte sich auf den Weg in die Schule. Erste Stunde: Mathematik!

Die Sonne, die schon vor ein paar Stunden aufgegangen war, stand jetzt knapp über einem Bergrücken und tauchte die Welt in ein orangegelbes Licht. In den Bäumen sangen bereits die Vögel und ein paar hübsche Blumen blühten am Wegesrand. Karla genoss die Fahrt. Es war nicht weit bis zu ihrer Schule. Nur etwa zehn Minuten mit dem Rad.

Als Karla ihr Mountainbike in den Fahrradständer schob, kam ihr schon Emma entgegen. Sie lehnte sich lässig gegen die Wand des Schulgebäudes und wartete geduldig, bis ihre beste Freundin das Fahrradschloss an ihrem Bike angebracht hatte.

„Ich muss dir was erzählen", meinte Karla, nachdem sie ihr Rad gesichert und ihren Fahrradhelm an einer Schlaufe ihrer Schultasche befestigt hatte. „Vorgestern Nacht bei dem Gewitter hat Julia eine Person oben an der Koppel beobachtet. Wir haben ein bisschen Detektiv gespielt und einen Fotoapparat gefunden."

„Hey, das passt exakt zu Julias Vermutung mit dem Auto!"

„Sieht eigentlich so aus, aber ... auf dem Display der Kamera war das zuletzt geschossene Bild zu sehen und das passte eindeutig nicht zu Julias Theorie. Das Foto zeigt nämlich keine Blitze oder Wolken, sondern Karamba. Wir haben weitergeklickt und herausgefunden, dass sich auf dem Apparat ausschließlich Bilder von meinem Pferd befinden. Und von Morgan kein einziges. Komisch, oder? Warum schießt jemand mitten in der Nacht Bilder von Karamba, das verstehe ich nicht!"

Emma überlegte eine Weile, doch ihr fiel keine plausible Erklärung ein. „Wirklich mysteriös, aber kein Grund zur Panik. Es wird sich sicherlich alles aufklären."

Ja, das sollte es, aber nicht so harmlos, wie die Mädchen zunächst vermuteten.

Auf dem Weg zum Klassenraum trafen die beiden auf Joel, Karlas Freund. Sie begrüßte ihn freudig und berichtete ihm kurz von den Geschehnissen am Wochenende.

„Ich habe tolle Nachrichten", berichtete Joel ebenfalls aufgeregt. „Ich werde die ganzen Sommerferien auf Teneriffa verbringen. Meine Eltern haben gestern gebucht. Richtig cool, den ganzen Sommer mit Sonne, Strand und warmem Wetter zu verbringen."

Karla freute sich für ihren Freund, war allerdings auch ein bisschen enttäuscht, da sie gehofft hatte, in den Sommerferien Zeit mit Joel verbringen zu können. Diese Hoffnung war gerade zerplatzt.

Die beiden Mädchen schlenderten zum Klassenzimmer, wo sie ihre Schultaschen vor der Tür abstellten und sich auf den Weg zum Vertretungsplan vor dem Lehrerzimmer machten. Dort trafen sie Ronja und deren beste Freundin Sarah. Ronja, genannt Ronny, kam aus einer steinreichen Familie. Ihr Vater war der Chef einer Schmuckfirma und verdiente dementsprechend viel. Ronja bewohnte mit ihren Eltern eine große weiße Villa am Stadtrand, an die ein sorgfältig angelegter und gut gepflegter Privatpark grenzte, in dem auch ihre beiden Englischen Vollblüter Sunday und Cloony Lynn Cora mit ihrem nun fast einjährigen Fohlen Littlefoot, das Ronja Sarah geschenkt hatte, untergebracht waren. Sie behausten einen weißen, noblen Stall mit geräumigen Boxen und allerlei Luxus, an den ein großer Springplatz angrenzte. Ronja war eine exzellente Springreiterin und hatte schon an einigen großen Turnieren erfolgreich teilgenommen.

Sarah, ein eher unscheinbares Mädchen, wich nicht von Ronnys Seite. Die Luxusvilla ihrer Freundin war so etwas wie ihre zweite Heimat. Man hätte sagen können, die beiden seien wie Schwestern, auch wenn das vielleicht etwas übertrieben gewesen wäre.

Anfangs konnten sich Ronja und Emma nicht ausstehen, weil Emmas Freund Tim Ronjas absoluter Schwarm gewesen war, doch seitdem Luca in ihrer Klasse aufgetaucht war, war Tim für Ronny kein Thema mehr. Schließlich hatten sie sich vertragen und waren nun sogar richtig gute Freunde.

„Hi, ihr beiden, wie war euer Wochenende?", fragte Ronja mit einem zuckersüßen Lächeln auf den Lippen.

„Schön, bis auf das blöde Gewitter Samstagnacht. Die Pferde drüben bei Julia sind mal wieder völlig ausgerastet und Em und ich hatten deshalb Nachtschicht", antwortete Karla gut gelaunt.

„Oje, ihr Armen!", meinte Ronja mitleidig und verdrehte

theatralisch die Augen. „Sarah und ich haben hart trainiert. Bald ist doch das Sommerturnier auf dem Tannwaldgestüt. Daran nehmen wir teil, und weil dort die Spitzenpferde des Landes an den Start gehen, müssen Sunday und Cloony gut vorbereitet sein." Bei diesen Worten schwang ein gewisser Stolz in Ronjas Stimme mit.

In der ersten Stunde hatten sie Mathematik. Karla allerdings konnte sich nicht wirklich auf den Unterricht konzentrieren, denn ihre Gedanken wanderten immer wieder zu der Kamera, die Julia und sie gefunden hatten. Was hatte das alles zu bedeuten? Allmählich begann sich das Mädchen ernsthafte Sorgen zu machen.

„Karla, lies uns bitte mal die Aufgabenstellung vor", ertönte die Stimme der Mathelehrerin.

Karla schreckte hoch und blickte Hilfe suchend zu Emma hinüber. Diese schob ihr Buch zu ihr hinüber und deutete auf eine Aufgabe. Dankend schenkte Karla ihr ein Lächeln und begann vorzulesen.

Ferienpläne

Karla gab leichten Druck mit den Schenkeln und ihr Pferd fiel vom leichtfüßigen Trab in einen angenehmen, mäßigen Galopp. Das Mädchen liebte es, dass ihr Hengst so leicht auf ihre Hilfen reagierte. Julia stand in der Mitte des Reitplatzes und beobachtete ihre Schülerin mit kritischem Blick. Dann huschte ein Lächeln über ihr Gesicht. Karla wurde immer besser. Das freute Julia.

„So, jetzt parier ihn zum Trab durch, achte aber drauf, dass er versammelt bleibt!"

Karla befolgte Julias Anweisung und Karamba fiel in einen schnellen und holperigen Trab, den er aber bald zu einem gemächlichen Jog verlangsamte. In diesem Moment kam Emma zum Reitplatz hochgestiefelt und begrüßte Karla und Julia. Sie wollte Morgan für eine kleine Trainingseinheit fertig machen. Karamba fiel in den Schritt und Karla ließ ihn noch ein paar Runden am langen Zügel laufen. Derweil schwang sich Emma auf die Umzäunung des Reitplatzes und strich sich ihre schulterlangen Haare aus dem Gesicht. Nach ein paar Runden im Schritt stieg Karla vom Pferd, tätschelte dem Araber den Hals und führte ihn vom Platz.

„Emma, Karla, kann ich kurz was mit euch besprechen?", fragte Julia, als sie Fruity, einen jungen Quarterhorsewallach wenig später zum Putzplatz führte.

„Na klar", lachte Emma lässig, „was gibt's?"

„Ich hatte da so eine Idee, weil ja bald Sommerferien sind. Neulich habe ich so 'nen Prospekt mit den schönsten

Wanderreitrouten Deutschlands gefunden und mir überlegt, ob wir vielleicht einen kleinen Wanderritt unternehmen wollen. Das ist nicht nur ein tolles Abenteuer, sondern es stärkt auch das Vertrauen zwischen Mensch und Pferd. Also, wenn ihr Interesse habt und eure Eltern es erlauben, wäre das sicher ein einzigartiges Ferienerlebnis, bei dem wir fast den ganzen Tag im Sattel sitzen und die Natur genießen können."

Die beiden Freundinnen waren sofort begeistert.

„Sicher werden unsere Eltern nichts dagegen haben und so etwas lassen wir uns keinesfalls entgehen", war die Antwort auf diesen wunderbaren Vorschlag.

„Wohin soll es denn gehen?", fragte Emma neugierig.

Julia lächelte. „Das wird eine Überraschung!"

Die Mädchen waren sehr gespannt. Ein Ritt ins Unbekannte. Das klang nach Abenteuer. Keiner von ihnen ahnte, dass es ein viel größeres Abenteuer werden würde, als sie vermuteten.

Die Drohung

Als sie das Klassenzimmer betrat, verstummten jegliche Gespräche und alle Blicke richteten sich auf den Neuankömmling. Käseweiß stand sie da, mit fahlem Gesicht und breiten Ringen unter den Augen. Ronja, das sonst topgestylte und sehr auf sein Aussehen achtende Mädchen, schien völlig am Boden zerstört zu sein. Benommen ließ sie sich in der Reihe hinter Emma und Karla auf den Stuhl neben ihrer besten Freundin Sarah fallen.

Luca, Ronjas Freund, kam prompt an den Tisch der Mädchen und legte tröstend seinen Arm um sie. Er wusste, was sie bedrückte, und klärte die anderen Anwesenden im Klassenzimmer auf. „Ronny hat für das Tannwald-Sommerturnier trainiert." Er schwieg eine Weile, bevor er fortfuhr. „Cloony hat ein Hindernis nicht geschafft und ist gestürzt." Ein Raunen ging durch den Raum. „Hier geht es nicht darum, dass Ronja höchstwahrscheinlich nicht beim Sommerturnier starten kann. Hier geht es um Cloonys Leben! Der Tierarzt sagt, wenn die Verletzungen nicht schnell heilen und sich möglicherweise gar entzünden, wäre es sinnvoller, Cloony einzuschläfern, um ihr weiteres Leiden zu ersparen."

Ein Schluchzen fuhr durch Ronjas Körper. Mit belegter Stimme erzählte sie: „Sie liegt in ihrer Box und sieht erbärmlich aus. Ihr könnt euch nicht vorstellen, wie schlimm das ist. Ich war die ganze Nacht bei ihr und habe miterlebt, wie die Schmerzen sie mehr und mehr geschwächt haben. Ich bin an allem schuld! Ich hätte sie nie diesen Oxer springen lassen sollen. Es war zu viel verlangt. Sie war zwar extrem gut in Form, aber ich habe sie und mich überschätzt und damit ihr Leben gefährdet. Ich denke, das werd ich mir nie verzeihen. Was, wenn man sie einschläfern oder erschießen muss, nur weil ich eine Dummheit begangen habe?" Es schien, als sei der letzte Rest Farbe aus Ronjas Gesicht gewichen.

„Jetzt hör mal auf, die Schuld bei dir zu suchen", beruhigte Luca seine Freundin. „Cloony ist diesen Oxer schon ein paarmal gesprungen. Es war ein Unfall! Du kannst froh sein, dass dir selbst bei dem Sturz nichts passiert ist."

„Es geht nicht um mich. Nein, diesmal nicht! Es geht um meine Stute, die jetzt in ihrer Box liegt und leidet. Und hätte ich den Oxer nicht angeritten, wäre das alles nicht passiert. Ich bin so eine Tierquälerin." Ronjas letzte Worte wurden von einem neuen Tränenschwall erstickt. So am Ende hatte Karla Ronja noch nie erlebt.

„Du kannst dich unmöglich auf den Unterricht konzentrieren. Ich schlage vor, du gehst heim und ruhst dich erst einmal aus. Du stehst noch völlig unter Schock", meinte Emma mit ernster Miene.

Karla konnte sich gut vorstellen, wie Ronja sich fühlte. Vor einiger Zeit hatte jemand nachts versucht, Karamba gewaltsam aus seiner Box zu treiben. Dabei hatte sich der Hengst starke Verletzungen an den Fesseln zugezogen. Zum Glück war alles gut verheilt und Karamba hatte keine bleibenden Schäden davongetragen, aber Cloony Lynn Coras Verletzungen mussten wohl schlimmer und entzündungsanfälliger sein. Doch eine Tierquälerin war Ronja keinesfalls. Das waren Leute, die Tieren gewollt Schaden zufügten, Ronja hatte einfach nur einen blöden Reitunfall gehabt.

Augenblicklich tauchten Bilder in Karlas Kopf auf. Sie erinnerte sich daran, wie Karamba la Lune ihr auf einer kleinen Ferieninsel gestohlen und von einem Mädchen in einen Transporter geprügelt worden war. Das war Tierquälerei, aber nicht das, was Ronja getan hatte.

Karla zwang sich, die Gedanken zu verdrängen, und schaute aus dem Fenster. Auf dem Schulhof staute sich das Regenwasser, das in der vergangenen Nacht heruntergeplatscht war, in kleinen Pfützen. Der Himmel war wolkenverhangen, aber es sah noch nicht nach weiterem Regen aus. Draußen herrschte eine schwüle Hitze und es roch leicht nach nasser Erde.

Nach der Schule wollte Karla erst ein paar Mathematikhausaufgaben erledigen, bevor sie zu Karamba radelte, um ihn zu longieren. Aber sie konnte sich nicht richtig auf die Aufgaben konzentrieren, weil sie die ganze Zeit an Joel denken musste.

Als sie am Hof ihrer Nachbarn ankam, herrschte dort Totenstille. Emmas Rad stand vor dem Hoftor. Karlas beste Freundin war also schon da. Die drückende Hitze hatte nicht abgenommen und am Himmel ballten sich erneut Gewitterwolken. Karla überlegte einen Moment, ob es überhaupt Sinn hatte, Karamba für eine Longierstunde fertig zu machen. Es sah so aus, als würde es in wenigen Minuten ohnehin anfangen zu gewittern. Das Mädchen entschloss sich, erst einmal Karambas Fell auf Hochglanz zu bringen und derweil das Wetter zu beobachten. Dann konnte sie immer noch entscheiden.

Sie holte ihre Putzkiste aus der Sattelkammer und marschierte mit Karambas Halfter in Richtung Koppel. Die Pferde standen verstreut auf der weitläufigen Wiese, die von einem Holzzaun umgeben war, und fraßen genüsslich die saftigen Grashalme. Karla ließ ihren Blick über die Koppel schweifen, aber sie konnte ihren Hengst nirgends entdecken. Noch einmal schaute sie sich nach ihm um – ohne Erfolg. Ihr Pferd war nicht da.

Irritiert wollte Karla zum Stall laufen, um nachzusehen, ob Karamba in seiner Box stand. Auf halbem Weg aber drehte sie um und ging zurück zur Koppel. Sie legte das Halfter auf den Boden und kletterte durchs Gatter. Einige Pferde kamen ihr entgegen. Bella, eine braune Quarterhorsestute, kam auf sie zu und schnupperte an ihrer Hand. Das Mädchen ignorierte sie und ging zielstrebig auf eine Stelle des Zauns zu, an der etwas Weißes befestigt worden war. Noch konnte sie nicht erkennen, um was es sich dabei handelte. Als sie näher kam, sah sie, dass ein Zettel an den Zaun genagelt worden war.

„Komisch", dachte Karla und zog den Nagel samt Zettel heraus.

Auf dem Hof angekommen faltete sie das Papier auseinander und begann zu lesen, was dort mit schwarzer Tinte geschrieben stand. Allerdings schien sie den Inhalt des Textes nicht wirklich zu begreifen, denn sie las ihn noch einmal und noch einmal. Ihre Hände begannen zu zittern und das Papier rutschte ihr aus der Hand. Sie konnte unmöglich glauben, was ihr von dort in schwarzen Lettern entgegensprang.

Der schwarz-weiß gefleckte Araberhengst mit der Blesse, die einem Sichelmond gleicht, wird nicht mehr als zwei Wochen zu leben haben. Er ist ein Killer. Ein untreues, gefährliches Tier, vor dem die ganze Welt erzittert. Ich hasse ihn wie die Pest und werde ihn eigenhändig erledigen. Niemand wird das verhindern können. Dieser Teufel wird dafür büßen, was er mir getan hat!

Karla ließ sich auf die Bank im Hof sinken und atmete einmal tief durch. Dann begriff sie endlich, was sie da eben gelesen hatte. Der Zettel war ein Drohbrief. Jemand hatte vor, ihrem Pferd etwas anzutun. Plötzlich brach Panik in Karla aus und in ihrem Kopf kreisten die Gedanken. Wo war Karamba? War er in Lebensgefahr? Hatte dieser Wahnsinnige, der den Brief verfasst hatte, ihn etwa entführt? Lebte ihr Pferd überhaupt noch?

Das Mädchen schaute sich um. Sie war ganz allein auf dem Hof. Wo war Emma? Ihr Fahrrad stand doch vor dem Tor. „Vermutlich ist sie mit Morgan ausgeritten", überlegte Karla.

Sie war so aufgewühlt, dass sie keinen klaren Gedanken fassen konnte. Draußen auf der Koppel galoppierten Lenka Rose und ihr Fohlen Lilly hin und her, aber Karla beachtete die beiden nicht. Sie hatte Angst. Große Angst! Jegliche Beruhigungsversuche funktionierten nicht. Die Stille auf dem Hof schien sie fast zu erdrücken. Wäre jemand da gewesen, der ihr geholfen hätte, einen klaren Gedanken zu fassen, wäre sie vielleicht ruhiger gewesen, aber sie war völlig allein. Emma war mit ihrem Pferd unterwegs und Julia war auch nirgends zu entdecken.

Karla war zu schwach, um irgendetwas zu unternehmen. Sie setzte sich in Karambas Box, um nachzudenken. Doch es gelang ihr nicht. Tränen rannen ihr über die Wangen. Womit hatte sie das alles verdient?

Plötzlich hörte sie Hufgetrappel im Hof. Sie sprang auf, um nachzusehen, wer gekommen war. Als sie aus dem Stall stürmte, traute sie ihren Augen kaum. Dort stand Emma grinsend mit zwei Pferden an der Hand: Morgan und Karamba.

Karla stutzte. „Hast du den Dieb eingeholt und unsere Pferde gerettet?", fragte sie außer Atem.

Emma verging das Lächeln. „Wovon bitte redest du? Ich weiß nichts von einem Dieb." Karla war irritiert. „Aber ... hast du meinen Brief nicht gesehen? Ich war mit Karamba und Morgan ein bisschen spazieren und habe dir 'nen

Zettel da gelassen, falls du kommst und dein Pferd suchst", erklärte Emma.

„Dann hast du diesen Drohbrief geschrieben?" Karla verstand die Welt nicht mehr. „Also, falls das ein Scherz sein sollte, das ist echt das Letzte. Du hast mir einen mega Schrecken eingejagt!" Karla war außer sich.

Emma verstand nicht ganz. „Ähm ... falls du eine freundliche Mitteilung, dass ich mal kurz unseren Pferden ein bisschen Bewegung verschaffe, als Drohbrief ansiehst ..."

Karla wollte sich mit Karamba in Richtung Stall wenden, als ihr ein Blatt Papier auffiel, das an die Stalltür geklemmt war.

Hi Karla,
ich bin mal eben ein bisschen mit Karamba und Morgan spazieren, nur dass du dich nicht wunderst, weil dein Pferd verschwunden ist. Bin in 'ner halben Stunde etwa (15.30 Uhr) wieder da. =)
Lg Emma

Karla blieb wie angewurzelt in der Stalltür stehen. Das also war Emmas Brief. Und die Drohung? Von wem war die dann? Plötzlich machte sich das ungute Gefühl von eben wieder in ihr breit. Die Drohung war also doch nicht nur ein dummer Streich gewesen. „Ist das der Brief, den du mir geschrieben hast?", fragte Karla unsicher.

„Ja. Wieso, was hast du denn erwartet, ein Backrezept?" Emma konnte sich ein Grinsen nicht verkneifen.

Karla drückte ihrer Freundin den Strick von Karamba in die Hand und rannte zur Bank auf dem Hof zurück, um den echten Drohbrief zu suchen. Er lag etwas zerknittert auf dem Boden. Aufgeregt hielt sie ihn Emma unter die Nase. Diese las ihn durch und ließ ihn schockiert sinken. In diesem Moment rieselte etwas Staub aus dem Papier, und als

Karla einen Blick auf den Zettel warf, stockte ihr der Atem. Das Blatt war leer! Kein einziger Buchstabe war zu sehen.

Emma hatte ebenfalls bemerkt, was geschehen war. „Eine Botschaft, die eine Drohung enthält und sich nach einiger Zeit auflöst", überlegte sie laut. „Ich hab das mal in einem Film gesehen. Da gab es Tinte, die, wenn sie getrocknet war, nur für einige Zeit sichtbar war und dann zu Staub zerfallen ist. Wie in diesem Drohbrief. Wer auch immer dahintersteckt, derjenige ist nicht gerade ein Anfänger in so was." Das klang nicht unbedingt beruhigend ...

Am Abend lag Karla noch lange wach. Gedanken kreisten in ihrem Kopf umher, die sie nicht zur Ruhe kommen ließen. Es war alles so verwirrend, fast unwirklich. Der Drohbrief. Was hatte er zu bedeuten? Er machte ihr Angst. Und dann war da noch etwas: die Sache mit Joel. Die ganzen Sommerferien würde er nicht da sein. Sie hatten in letzter Zeit immer seltener etwas zusammen unternommen. Karla war ein wenig traurig darüber. Sie mochte ihren Freund sehr, aber irgendetwas stand in letzter Zeit zwischen ihnen. Joel hatte nie Zeit für sie, hörte ihr nicht mehr richtig zu. All das wurde ihr erst nach und nach bewusst. Sie wollte mit ihm darüber reden. Aber wann?

Karla warf einen Blick auf ihr Handy. Es leuchtete auf. Eine neue Nachricht. Einen Moment hoffte sie, diese könnte von Joel sein. Früher hatte er ihr oft Nachrichten geschrieben, auch mitten in der Nacht. In letzter Zeit war auch das immer seltener geworden.

Die Nachricht war nicht von Joel, sondern von Emma. Karla antwortete und hing weiter ihren Gedanken nach, bis sie schließlich einschlief.

Am nächsten Tag wollte sie Joel auf das ansprechen, worüber sie sich am Abend zuvor Gedanken gemacht hatte, also wartete sie bis zur großen Pause und nahm ihn zur Seite. Aber er schien nur den bevorstehenden Urlaub im

Kopf zu haben. „Weißt du, wie schön Teneriffa ist? Meer, Strand, Sonne ..."

Karla wollte nicht schon wieder über diesen Urlaub reden. Joel schien nichts anderes mehr im Kopf zu haben. War sie ihm so egal geworden? Manchmal schoss ihr diese Frage durch den Kopf. Unabsichtlich und ungewollt tauchte sie einfach auf, die Frage, ob er noch so für sie empfand wie sie für ihn. Es machte sie traurig, sich überhaupt mit so etwas beschäftigen zu müssen.

„Joel", fiel sie ihm ins Wort. Er sah sie an. „Wir werden uns lange nicht sehen ..."

Er nickte. Einen Moment lang hoffte Karla, endlich mit ihm darüber sprechen zu können. Über das, was sie seit Wochen belastete. Vielleicht sogar Monate. Sie wusste es nicht mehr so genau. Dieses ungute Gefühl, das sie ständig mit sich herumtrug. Die Angst, dass etwas nicht stimmen könnte zwischen ihr und ihrem Freund. Auch wenn das nur ein Gefühl war, spürte sie es immer wieder, diese kleinen Momente, in denen sie sich fragte, was los war.

„Karla, ich geh mir kurz was beim Bäcker kaufen, okay?" Er lächelte sie an. „Kommst du mit?"

Sie schüttelte den Kopf und sah ihm nach. Auf dem Weg blieb er bei ein paar Kumpels stehen und alberte mit ihnen herum. Er wirkte glücklich und sie merkte, dass er es irgendwie nicht so schlimm fand, dass sie sich die ganzen Ferien nicht sehen würden. Diese Erkenntnis löste erneut dieses merkwürdige Gefühl aus. Wieder hatte sie Angst, machte sich Sorgen, was mit ihm los war. Er hatte sich verändert. Er ging anders mit ihr um. Wie er mit ihr redete, wie er sie ansah. Auch wenn er lächelte wie früher, er hatte sich verändert. Das wurde ihr immer deutlicher bewusst.

Wanderreiten

Die Glocke klingelte. Zwei Sekunden später war der gesamte Schulhof, auf dem vor einer Minute noch Totenstille geherrscht hatte, voller kreischender Schüler, die wild durcheinanderschwatzten und sich schöne Ferien wünschten. Die Sommerferien begannen endlich und der Gong nach der letzten Stunde war von allen Schülern schon sehnlichst herbeigewünscht worden.

Karla und Emma stürzten aus dem Klassenzimmer und machten sich auf den Weg zum Fahrradständer, um so schnell wie möglich zu Julia und zu ihren Arabern auf den Hof zu kommen. Heute sollte der Wanderritt, den Julia vorgeschlagen hatte, starten. Sie wünschten Ronja, die immer noch sehr niedergeschlagen war, da es ihrer Stute nicht viel besser ging, trotzdem schöne Ferien.

Joel kam auf die Mädchen zu, umarmte seine Freundin und wünschte ihr viel Spaß. „Hab einen schönen Wanderritt! Und pass auf dich auf!" Das war alles.

Tim küsste Emma auf die Wange und verschwand dann mit Joel im Schulgebäude.

Ferien! Überglücklich und voller Vorfreude radelten die beiden dem bevorstehenden Wanderritt entgegen. Am Hof angekommen trafen sie auf Julia, die schon dabei war, das Fell ihrer Stute Lenka Rose zu bearbeiten. Karla und ihre beste Freundin verloren keine Zeit und holten ihre Tiere von der Koppel. Heute nahmen sich alle besonders viel Zeit mit der Fellpflege, denn auf so einem langen Ritt musste das ganze Pferd komplett sauber sein, damit ein

Scheuern des Sattels oder des Gepäcks auf jeden Fall vermieden wurde. Fast eine ganze Stunde lang wurde an den Pferden herumgeschrubbt und -gebürstet. Dann sattelten die drei auf, Julia überprüfte alle Sättel noch einmal, damit die Pferde nicht unter möglichen Scheuer- oder Druckstellen litten. Da nicht alles Gepäck auf den drei Reitpferden transportiert werden konnte, nahmen sie Fruity, Julias Wallach, als Packpferd mit. Auch er war gründlich auf Hochglanz gebracht worden. Nun erklärte Julia ein paar Sicherheitsmaßnahmen, die unbedingt eingehalten werden mussten. Karlas und Emmas Eltern waren gekommen, um das Gepäck der beiden zu bringen. Es war äußerst spärlich zusammengestellt, da sie nicht zu viel mitnehmen konnten. Die beiden Hofhunde Bob und Shelly sprangen aufgeregt herum. Auch sie sollten am Wanderritt teilnehmen, allerdings zu Fuß und selbstverständlich nicht zu Pferd.

Als alle Gepäckstücke verstaut und Fruity, das etwas unbeholfen dreinschauende Pack-Quarterhorse, beladen war, konnte es losgehen. Die Mädchen stiegen auf, während Bob und Shelly freudig um die Pferde herumsprangen. Sie starteten in ein aufregendes Abenteuer, das anders enden sollte, als sie es sich jetzt vorstellten.

Es war ein warmer, fröhlicher Sommertag und die Vögel zwitscherten in den höchsten Tönen.

„Wichtig ist", meinte Julia, als die Reitergruppe etwa eine Viertelstunde unterwegs war, „dass wir alle schön langsam und gleichmäßig reiten, um unsere Pferde nicht schon jetzt voll auszupowern. Wir haben keine Tiere zum Tauschen dabei, das heißt, wenn ein Pferd nicht mehr weiterkann, ist der Wanderritt für uns alle zu Ende. Also passt auf, dass sie sich nicht überanstrengen. Es ist sehr warm und das bedeutet, dass die Pferde schnell durstig werden. Achtet aber bitte darauf, dass die Pferde, wenn wir an eine Wasserstelle kommen und sie trinken dürfen, nicht zu hastig und zu viel trinken. Kennt ihr das, ihr habt gerade Sport gemacht oder seid eine weite Strecke gelaufen, dann seid ihr durstig und kippt gleich eine ganze Flasche Wasser in euch rein? Hinterher seid ihr meistens noch matter als vorher. Also, die Pferde dürfen ausreichend, aber nicht zu viel in kurzer Zeit trinken." Karla und Emma nickten.

Es war wunderschön, so dahinzureiten, zu wissen, dass man den ganzen Tag mit den Pferden verbringen konnte, und dabei den Sommer zu genießen. Die drei ritten über Obstbaumwiesen, pflückten sich im Vorbeireiten reife Äpfel und durchquerten kleine Gräben, in denen winzige Bächlein gluckerten. Wenig später tauchte ein Wald vor ihnen auf. Die Landschaft rings um sie herum war menschenleer, da alle vor der mittäglichen Hitze in ihre Häuser geflüchtet waren. Der Wald spendete ein bisschen Schatten, was bei den sommerlichen Temperaturen sehr angenehm war.

Nach zwei Stunden legten sie die erste kleine Pause ein, ließen die Pferde fressen und führten sie an einen kleinen Bach, an dem sie trinken konnten. Und auch die Reiterinnen machten sich über ihren Proviant her. Sie hatten nun ungefähr die Hälfte des Weges geschafft, den sie an diesem Tag zurücklegen wollten.

Also stiegen die drei nach einiger Zeit wieder auf und ritten weiter. Die Sonne stand nun schon tiefer und hatte ein bisschen an Kraft verloren, dennoch war sie stark genug, um Pferde und Reiter mächtig ins Schwitzen zu bringen. Die Landschaft war nun von kleinen, plätschernden Bächlein geprägt, die sich zwischen zahlreichen Obstbaumwiesen hindurchschlängelten. Ab und an fuhr ein sanfter Windstoß durch das zum Teil schon reife Getreide auf den Äckern und ließ es leicht knistern.

Nun stand die erste größere Herausforderung der heutigen Strecke an: Die drei mussten einen etwas tieferen Bach durchqueren. Karla hatte keine Bedenken, dass ihr Hengst diese Aufgabe mit Leichtigkeit meistern würde, doch Emma hatte so ihre Schwierigkeiten. Sie wusste, dass Morgan le Fay ab und zu Zicken machte, wenn es darum ging, Wasser zu durchqueren. Bei den kleinen Rinnsalen, die sie heute schon hinter sich hatten, war das kein Problem gewesen, aber jetzt, da das Gewässer etwas tiefer war, konnte es schwieriger werden. Emma ritt ganz vorsichtig ans Ufer heran, das zum Glück schön flach zum Wasser führte, und ließ Morgan sich erst mal ein Bild von der Situation machen. Einen Moment lang schien diese Technik zu funktionieren und die neugierige Stute wagte sogar ein paar Schritte in das kühle Nass, doch dann machte sie unerwartet einen Satz an Land. Emma, die zwar vorsichtig, aber nicht auf den abrupten Hopser vorbereitet gewesen war, verlor das Gleichgewicht, rutschte aus dem Sattel und landete mit einem gewaltigen Platsch im Wasser.

Julia und Karla sprangen von ihren Pferden und rannten schnurstracks zu ihrer Gefährtin, die etwas bedröppelt schauend im Flussbett hockte und sich den Fuß rieb. „Aua", war alles, was sie in diesem Moment sagen konnte. Morgan le Fay hingegen hatte sich wieder beruhigt und graste flussaufwärts in aller Seelenruhe am Ufer.

„Hast du dir wehgetan?", fragte Karla besorgt.

„Nein, ist noch mal gut gegangen, mein Hintern schmerzt etwas, aber ich bin an einer sandigen Stelle des Flusses aufgekommen, nicht direkt auf einem Stein. Aber ich bin nass! Und das nicht nur ein bisschen." Sie lachte ihr einzigartiges, fröhliches Lachen und zeigte somit, dass ihr wirklich nichts Ernsthaftes passiert war.

„Zum Glück ist es warm", stellte Julia fest. „Keine Sorge, bei der Hitze trocknest du bald wieder."

Es dämmerte schon, als sie den Hof erreichten, auf dem

sie übernachten wollten. Ein nett aussehender, etwas dicklicher Bauer empfing die Truppe schon an der Auffahrt. Er erkundigte sich, ob sie einen angenehmen Ritt gehabt hätten, und lud sie sogleich ein, mit ins Haus zu kommen und sich zu stärken. Nachdem sie die vier Pferde versorgt hatten, nahmen sie die Einladung gerne an. Fruity war sichtlich froh, als ihm die Last abgenommen wurde. Er war es nicht gewohnt, mit etwas anderem als einem Sattel und einem Reiter auf dem Rücken durch die Gegend zu laufen, schon gar nicht über so lange Strecken.

Drinnen hatten der Bauer und seine Frau schon den Tisch mit verschiedenen Köstlichkeiten gedeckt. Von selbst gebackenem Brot über frische Kuhmilch bis hin zu köstlich geräuchertem Speck gab es alles, was das Wanderreiterherz begehrte. Kein Wunder also, dass Karla, Julia und Emma hinterher ziemlich satt waren. Shelly und Bob bekamen ebenfalls ein Festmahl. Der Bauer gab ihnen Hundefutter und einen Knochen mit Fleischresten. Die beiden Australian Shepherds machten sich gierig darüber her.

Nach dem Essen verabschiedeten sich die Mädchen von dem Bauern und seiner Frau, dankten für das leckere Essen und begaben sich schleunigst in die Scheune, wo sie ihr Nachtlager im Heu beziehen wollten. Die Pferde sollten auf einer Koppel hinter dem Heuschober untergebracht werden. Julia überprüfte noch einmal, ob bei den vier Tieren alles in Ordnung war, um sich dann, wie ihre beiden Gefährtinnen, erschöpft von den Erlebnissen des Tages ins duftende Heu fallen zu lassen.

Die Narbenhand

In der Ritterbar wurde soeben das zehnte Bier innerhalb der letzten paar Minuten bestellt. Nicht von ein und derselben Person. Nein, von verschiedenen, aber die schwarzhaarige Kellnerin mit einem Gesicht, das einer Porzellanpuppe ähnelte, kam trotzdem nicht mit dem Zapfen hinterher.

Langsam wurde der Mann, der auf einem Barhocker ganz am Rand des Tresens saß, ungeduldig. „Wo bleibt denn mein Bier? Ich habe nicht den ganzen Tag Zeit."

Auf diese Frage bekam er keine Antwort. Er erntete nur einen bösen Blick aus den eisblauen Augen der Kellnerin. Dann knallte sie ein Bierglas auf die Bar, dass man Angst haben musste, das Glas zerspränge in tausend Scherben.

Wenig später kam der Mann aus der Ritterbar gestiefelt und stieg in einen schwarzen Sportwagen. Er legte die linke Hand, die von einer fleischigen Narbe gezeichnet war, aufs Lenkrad, ließ den Motor an und bog auf die schnurgerade Landstraße ab.

Karla wurde mitten in der Nacht wach. Sie hatte etwas Schreckliches geträumt. Immer wieder war vor ihrem inneren Auge der Drohbrief aufgetaucht. Einen Moment lang wusste sie nicht, wo sie war, doch als sie das frische Heu roch, auf dem ihr Schlafsack lag, fiel ihr ein, dass sie auf einem mehrtägigen Wanderritt unterwegs war.

Besorgt kroch sie aus ihrem Schlafsack und ging auf die kleine Tür zu, die ins Scheunentor eingelassen war. Beide Hunde hoben den Kopf, aber als sie sahen, dass es nur Karla war, legten sie sich sofort wieder hin, ohne einen Laut von sich zu geben. So geräuschlos wie möglich öffnete sie die Tür und schlich hinaus in die Sommernacht. Frische Luft, die nach Gras und Pferden roch, schlug ihr entgegen. Der Himmel war klar und Milliarden von Sternen waren zu sehen. Wie ein dunkelblaues Tuch mit vielen kleinen Punkten spannte sich der nächtliche Himmel über die Landschaft. Überall zirpten Grillen und in der Ferne gaben ein paar Frösche ein Quakkonzert. Die Nacht war still und doch voller Geräusche.

Karla schlich zur Koppel, auf der die vier Pferde standen. Karamba schnaubte, als er sie kommen hörte, und kam angetrabt. Er schien das einzige der Tiere zu sein, das noch wach war. Die anderen drei lagen auf der Koppel und schliefen. Es war ein lustiger Anblick, Lenka, Fruity und Morgan so daliegen und friedlich schlummern zu sehen. Karla setzte sich auf das Eisengatter der Koppel und begann, Karamba zu streicheln. Er genoss es anscheinend, denn er döste bald leicht und schnaubte hin und wieder.

Plötzlich knackte etwas hinter Karla. Um ein Haar wäre sie vor Schreck vom Gatter gefallen. Karamba spitzte die Ohren und irgendwie hatte das Mädchen das Gefühl, dass der Hengst zu zittern begann. Sie schlang ihre Arme um seinen Hals und lauschte in die unheimliche Stille der Nacht hinein.

Nichts regte sich. Karla wagte nicht zu atmen. Langsam ließ sie sich auf den blanken Rücken Karambas gleiten und klammerte sich an ihn. Auf seinem Rücken fühlte sie sich einigermaßen sicher. Es war, als würde ein Schatten die Koppel entlanghuschen. Karla war von blanker Furcht ergriffen. Sie dachte an ihren Traum und an den Drohbrief.

Mit einem Mal kletterte eine Gestalt über den Koppelzaun. „Karla? Bist du hier?"

Sie atmete auf, als sie die Stimme ihrer besten Freundin vernahm. Emma kam auf Karla zu, die aufatmend von Karambas Rücken rutschte. „Hast du mich erschreckt!", stieß sie hervor.

„Du warst nicht da, als ich eben aufgewacht bin, da wollte ich nach dir sehen", verteidigte sich Emma.

„Das verstehe ich ja, aber ich bin immer noch aufgewühlt wegen des Drohbriefes", gab Karla zu.

„Was soll Karamba denn jetzt passieren? Selbst wenn der Drohbrief ernst gemeint war, weiß derjenige, der ihn geschrieben hat, mit Sicherheit nicht, wo wir sind", überlegte Emma. „Außer er hat Karamba rund um die Uhr beobachtet, dann hat er gesehen, dass wir weggeritten sind. Aber das ist äußerst unwahrscheinlich."

Gute Aussichten

Nachdem Karla, Julia und Emma ihre Pferde für die nächste Etappe fertig gemacht und sich bei dem Bauern für Unterkunft und Essen bedankt hatten, ritten sie weiter. Es war gerade acht Uhr morgens, als sie aufbrachen. Die Mädchen waren extra früh aufgestanden, um die geplante Strecke bis zu ihrer nächsten Station ohne Probleme bewältigen zu können. Heute war ein Ritt geplant, der mit einigen Pausen etwa acht bis neun Stunden dauern würde. Eine gewaltige Distanz.

Die Sonne stieg langsam höher und es wurde dementsprechend wärmer. Fruity schien nicht sehr begeistert davon zu sein, als Packesel oder besser gesagt als Packpferd zu dienen. Dem fünfjährigen Quarterwallach missfiel es gewaltig, dass er das schwere Gepäck tragen musste, während seine Mutter Lenka Rose und die beiden Araber nur Menschen transportieren mussten. Aber schließlich fand er sich damit ab und trottete gleichgültig neben Lenka her.

Julia hatte den nachdenklichen Ausdruck auf Karlas Gesicht bemerkt und erkundigte sich: „Ist irgendwas? Du wirkst so bedrückt."

„Es ist nur ...", setzte Karla an. „Ich mache mir Sorgen um Karamba. Wegen des Drohbriefs. Wenn ihm wirklich etwas passiert ..."

Eine Weile dachte Julia nach. „Wir sind schon einige Kilometer von zu Hause entfernt. Wer auch immer den Brief geschrieben hat, er müsste uns gefolgt sein, um seine Drohung überhaupt wahrmachen zu können." Karla mochte gar nicht daran denken. „Außerdem", fuhr die junge Reitlehrerin fort, „ist mir noch niemand Verdächtiges auf unserem bisherigen Ritt aufgefallen, der uns möglicherweise verfolgt. Also denke ich, deine Sorgen sind im Augenblick unbegründet. Du kannst gerne darauf achten, ob dir irgendwer auffällt, aber ich halte es für sehr unwahrscheinlich."

„Stimmt", bestätigte Emma, die rechts neben ihrer besten Freundin ritt.

„Irgendwie klingt ihr überzeugend", meinte Karla lächelnd und beschloss, sich nicht mehr allzu viele Gedanken um die Drohung zu machen.

Die Landschaft wurde nun flacher und sie ritten mehrmals zwischen riesigen Maisfeldern hindurch. Am Wegesrand standen ab und zu knorrige, alte Apfelbäume, doch überwiegend waren riesige Äcker zu sehen, auf denen Mais oder Getreide angepflanzt war. So machte das Wanderreiten Spaß! Die Sonne schien, über ihnen erstreckte sich der wolkenlose blaue Himmel und die Vögel zwitscherten überall.

Die Truppe hatte extrem Glück. Schließlich hätte es auch den ganzen Tag regnen können oder sie hätten ebenso gut von einem Gewitter überrascht werden können, doch nein, die Sonne schien und Regenwolken waren nicht in Sicht.

Gegen Mittag schlugen sie den Weg zu einem kleinen Dorf ein.

„Wir müssen schauen, dass wir eine Metzgerei finden, um ein paar Würstchen und Fleisch einzukaufen. Dieses Mal übernachten wir auf einer Wiese mit Grillgelegenheit, und wenn ihr nichts dagegen habt, machen wir uns heute Abend ein gemütliches Lagerfeuer. In der Nähe war leider kein Bauernhof aufzutreiben, auf dem wir hätten übernachten können, deshalb habe ich mir überlegt, dass wir diese Nacht zelten. Ein Zelt werden wir auf dem Weg in einem Outdoorgeschäft in Brunnenwiesen mieten." Die

Mädchen waren begeistert. Das würde ein tolles Abenteuer werden.

Wenig später streckte Julia den Kopf aus der Metzgereitür. „Habt ihr Hunger auf Brötchen mit Fleischkäse?", fragte sie.

Und ob Karla und Emma Hunger hatten. Während des weiteren Ritts ließen sie sich die Brötchen schmecken. Sie verließen das Dorf und trabten ein Stück querfeldein, um dann auf einem geteerten Feldweg weiterzureiten, während die Hufeisen der Pferde auf dem harten Untergrund klackerten.

Wo ist Karamba?

Als die drei Reiterinnen an besagter Wiese ankamen, auf der sie übernachten wollten, dämmerte es schon. Sie beschlossen, als Erstes das Zelt aufzustellen und dann das Lagerfeuer vorzubereiten. Also sattelten sie ihre Pferde ab und nahmen ihnen das schwere Gepäck ab. Julia hatte ein langes Seil mitgenommen, das sie nun von einem Baum zu einem anderen in einem kleinen, lichten Birkenwäldchen, das an die Wiese grenzte, spannte. An dieses Seil banden sie die Pferde, allerdings mit einem Strick, der gerade so lang war, dass die Pferde trinken konnten, sich aber nicht darin verhedderten. Nachdem die Tiere versorgt waren, jedes von ihnen einen Eimer Wasser und etwas Müsli bekommen hatte, starteten die Mädchen damit, das Zelt aufzubauen.

„Gar nicht so einfach", stellte Emma lachend fest, als der erste Versuch in einem Gewirr von Schnüren und Zeltstangen endete. „Helft mir mal, die Knoten zu entwirren", bat sie ihre Mitstreiterinnen.

Nach einer Weile hatten sie das erledigt und nach einem zweiten Versuch, den sie Schritt für Schritt nach Gebrauchsanweisung durchgeführt hatten, stand das Zelt. Shelly und Bob jagten auf der Wiese hin und her und spielten mit einem Stock, den sie irgendwo aufgelesen hatten. Nun zogen die drei Abenteurerinnen los, um ein paar trockene Äste zu suchen, mit denen sie Feuer machen konnten. Als sie einen halben Wald zusammengesammelt hatten, machte Julia gekonnt Feuer in der von Steinen umfassten Grillstelle.

Es wurde ein lustiger Abend. Die Sonne ging langsam unter und Sterne erschienen am Himmel. Das Feuer züngelte vor sich hin und gab Wärme ab. Emma, Julia und Karla saßen drumherum und hielten Spieße mit Würstchen und Fleisch über die Flammen. Ab und zu sah einer von ihnen nach den Pferden, die dösend im Birkenwäldchen standen.

Noch lange saßen die drei am Feuer und unterhielten sich über die Erlebnisse der letzten Tage. Das trockene Holz knackte in den Flammen und ab und zu zischten Funken heraus. Karla musste immer wieder an den Drohbrief denken. War es richtig gewesen, trotzdem den Wanderritt anzutreten oder hätte sie lieber zu Hause bleiben sollen? Allerdings war sie so den ganzen Tag bei Karamba und konnte besser auf ihn aufpassen.

„Bob und Shelly bleiben heute Nacht bei den Pferden. An denen kommt niemand so leicht vorbei", verkündete Julia, als sie bemerkte, dass Karla schon wieder über die Drohung nachdachte.

Als die letzte Glut fast erloschen war, machten die Mädchen sich auf den Weg zu ihrem Zelt. Es war groß und die drei hatten genügend Platz darin. Karla und Emma krochen in ihre Schlafsäcke und machten es sich gemütlich. Julia schloss noch den Reißverschluss, bevor sie es sich ebenfalls bequem machte.

Obwohl sie alle sehr müde waren, konnten sie lange nicht einschlafen. Es war zu aufregend, mitten in der Natur fern von jeglicher Zivilisation zu übernachten. Sie hatten nicht gemerkt, dass dunkle Wolken am sternenklaren Himmel aufgezogen waren. Ein unangenehm kühler Wind strich durch die Blätter der Birken und einzelne Tropfen fielen vom Himmel, erst in größeren, dann in immer kürzeren Abständen, um sich schließlich in Regen zu verwandeln. Das hingegen merkten Karla und ihre Freundinnen schnell, denn das Prasseln auf dem Zeltdach war bald so laut, dass man sein eigenes Wort nicht mehr verstehen konnte. „Lasst uns die Reisedecken über die Pferde werfen, wir haben nämlich morgen keine Möglichkeit, die klitschnassen Pferde so abzutrocknen, dass wir sie wieder satteln können", schlug Julia kurzerhand vor und war schon aus dem Zelt gekrochen.

Karla und Emma folgten ihr und machten den wasserdichten Reißverschluss hinter sich zu, damit kein Regen ins Zelt eindringen konnte.

Am Birkenwäldchen angekommen streiften sie ihren Pferden schnell die wasserabweisenden Decken über, die sie für solche Zwecke mitgeschleppt hatten. Es hatte sich eindeutig gelohnt.

Als sie zu ihrem Zelt zurückkehren wollten, war der Regen bereits so gewaltig, dass sie ein paar Minuten unter den schützenden Birken warten mussten, um nicht vollständig durchnässt zu werden. Im Zelt angekommen zogen sie eilig ihre nassen Sweatshirts aus und legten sie zum Trocknen über die Sättel, die sie in einer Ecke ihres Schlafquartiers aufgestellt hatten. Dann versuchten sie, endlich einzuschlafen.

Plötzlich ließ sie ein Kratzen an der Zeltwand aufschrecken. Ein Schatten war im Schein des leicht von Wolken bedeckten Mondes zu erkennen. In der Ferne war ein leises Heulen zu hören.

„Was war das?", fragte Emma erschrocken.

„Ich weiß es nicht", gab Julia flüsternd zurück und legte den Finger auf den Mund, um den anderen zu bedeuten, dass sie leise sein sollten.

„Meinst du, hier gibt es Wölfe?", fragte Karla nach einer Weile.

Die junge Reitlehrerin überlegte eine Weile. „Ich halte es für äußerst unwahrscheinlich", meinte sie, war sich aber selbst nicht ganz sicher.

Plötzlich bellte etwas direkt neben ihrem Ohr. Julia begann zu lachen und zog den Reißverschluss auf, der den Einstieg des Zeltes verschloss.

„Mann, habt ihr uns erschreckt!" Die beiden Australian Shepherds Bob und Shelly setzten einen wahrhaftigen Hundeblick auf und Julia ließ sie nach kurzem Zögern in das Zelt. „Dass ihr ja in der Ecke liegen bleibt, sonst seid ihr schneller wieder draußen, als ihr Wau sagen könnt", schärfte sie den beiden ein. Die Hunde hatten wohl nicht mehr im Regen liegen wollen und sich losgerissen.

Gegen zwei Uhr nachts schlich eine Gestalt geduckt durch das hohe Gras. Zielstrebig steuerte sie auf ein kleines, an die Wiese grenzendes Birkenwäldchen zu. Dort standen vier Pferde unter den Bäumen. Zwei Araber und zwei Quarterhorses. Die Gestalt strich einem der Araber beruhigend über den Hals. Dann schlich sie weiter zu dem anderen. Dieser spitzte die Ohren und wollte zu einem Wiehern ansetzen, als er den Fremden erblickte. Aber der konnte das gerade noch verhindern, indem er beruhigend auf das Pferd einredete. Die fremde Person versuchte, so leise wie möglich den Klettverschluss der Regendecke zu öffnen, und nahm sie herunter. Vorsichtig blickte sie sich noch einmal um, nur um sicherzugehen, dass niemand sie gehört hatte, und band das Pferd los. Schnell schwang sie ihren kleinen, aber flinken Körper auf den Rücken des Tieres und drückte ihre Absätze in seine Flanken. Kaum eine Sekunde später raste der Araber los. Die Person hatte Schwierigkeiten, sich auf dem Rücken des Pferds zu halten, denn dieses wurde schneller und schneller. Aber sie musste hier weg. So schnell wie möglich.

Sobald sie den vom Regen aufgelösten Waldboden verlassen hatten und auf eine geteerte Landstraße abbogen, verlangsamte sie den Ritt und ließ das schnaubende Pferd im Schritt gehen. Sie hatte als Zügel nur den Strick, mit dem das Tier festgebunden gewesen war, aber das reichte, um eine grobe Kontrolle zu halten. Die Gestalt atmete hörbar auf, als sie langsam die Landstraße hinaufritt. Nun fühlte sie sich sicher.

Als Karla die Augen aufschlug, schien die Sonne. Neben ihr reckten sich Julia und Emma, die wohl auch gerade wach geworden waren. Vom Regen in der Nacht war nichts geblieben außer gewaltigen Pfützen.

Karla und Emma standen auf und gingen zu ihren Pferden, um nach ihnen zu sehen. Als sie das Birkenwäldchen betraten, stockten sie. Es waren nur noch drei Pferde da. Eines fehlte ... Karamba la Lune!

„Das ist unmöglich, ich habe ihn gut festgebunden. Er konnte sich unter keinen Umständen befreien", rief Karla. Auch die beiden anderen waren fassungslos.

„Ich habe alle Knoten noch einmal überprüft, bevor wir schlafen gegangen sind", pflichtete Julia ihr bei.

„Da!", rief Emma. „Hufspuren im Matsch, das muss er gewesen sein."

Karla rannte panisch zu der Stelle, auf die Emma zeigte. Entsetzen machte sich in ihr breit, als sie erkannte, dass es nicht nur Hufspuren, sondern auch die Fußabdrücke eines Menschen waren, die sich auf dem Waldboden abzeichneten. „Karamba hat sich nicht losgerissen und ist weggelaufen. Er wurde losgebunden und weggeführt", rief Karla nun schon fast hysterisch.

Plötzlich war ihr klar, was das bedeutete: Ihr Hengst war entführt worden! Er war in der Gewalt eines Fremden. Ihm konnte sonst was passieren. Karla mochte gar nicht daran denken.

Plötzlich waren alle in heller Aufregung.

„Ich muss ihn suchen", stieß Karla außer Atem hervor.

„Ich weiß nicht, ob das so eine gute Idee ist", bezweifelte Julia Karlas Entschluss.

„Irgendetwas muss ich tun, ich kann hier nicht tatenlos rumsitzen."

Das sah Julia ein. „Gut, du kannst mal die Gegend durchkämmen, aber du nimmst Lenka Rose mit. Dann sind deine Chancen größer. Ich werde derweil mit Fruity zum nächsten Dorf reiten, um von da Hilfe zu holen."

Karla machte Lenka startbereit und saß wenig später im Sattel. Sie war erst einmal auf der fuchsfarbenen Quarterstute geritten. Am Anfang ging sie noch schnellen Schritt, der sich bald zu einem mäßigen Trab entwickelte. Es war ein komisches Gefühl, Lenka Rose zu reiten. Das dreizehnjährige Mädchen fühlte sich ein wenig unsicher, weil sie nicht genau wusste, wie die Stute auf ihren Schenkeldruck reagierte. Aber es ging nicht anders.

Als sie das kleine Birkenwäldchen verlassen hatten, kamen sie zu einem Weg mit fast schneeweißem Schotter, der sich durch ein Labyrinth aus riesigen Maisfeldern schlängelte. Es war aussichtslos. Karla war nun schon fast eine Viertelstunde unterwegs und hatte noch keine Spur gefunden. Der Schotter war nicht gut für die Hufe der Pferde, deshalb stieg Karla ab und führte Julias Stute am Wegesrand entlang, wo etwas Gras wuchs. Seit sie den Wald verlassen hatten, waren keine Hufabdrücke mehr zu sehen gewesen und es gab auch keinen anderen Anhaltspunkt.

Karla hockte sich an den Wegesrand und ließ Lenka ein paar Grasbüschel rupfen. Sie dachte nach. So merkte sie erst nicht, wie sich ein Jeep auf dem Schotterweg näherte. Er verlangsamte sein Tempo, als er an Karla und Lenka vorbeifuhr, sodass das Mädchen die Aufschrift lesen konnte, die auf die hintere Scheibe des Wagens geklebt war. Arabergestüt Erlenhof.

Arabergestüt! Dahin konnte man Karamba vielleicht gebracht haben. Er war schließlich ein Araber und würde dort nicht besonders auffallen. Voller Hoffnung schwang sich Karla in Lenka Roses Sattel und nahm die Verfolgung auf. Der Wald endete an der einen Straßenseite und an der anderen erstreckten sich nun statt Maisfeldern große Wiesenflächen. Karla lenkte Julias Stute von der Straße in die Wiese und ließ sie galoppieren. Bald hatten sie das Auto wieder im Blick. Der Weg machte einen Rechtsknick und eine hübsche Allee begann. Die Blätter der hochgewachsenen Alleebäume wiegten sich in der sanften Morgenbrise, die über das Land strich. Die Straße war geteert.

Karla verlangsamte das Tempo und lenkte Julias Quarterhorsestute auf die schmale Allee. Wäre das Mädchen nicht so in Sorge um ihren Hengst gewesen, wäre dies wohl einer der schönsten Ritte gewesen, die Karla sich vorstellen konnte, denn die goldene Morgensonne ließ die mit weißen Koppelzäunen eingefassten Wiesen rechts und links der Allee in einem herrlichen Glanz erstrahlen. Einige Pferde, die eindeutig arabischer Abstammung waren, standen dort. Ein herrlicher Anblick.

Am Ende der Allee tauchte ein Gehöft auf. Das musste das Gestüt sein, zu dem das Auto gehörte. Karla sprang von Lenkas Rücken und band die Stute an einem der schneeweißen Koppelzäune an, die aussahen, als seien sie erst vor wenigen Minuten frisch gestrichen worden. Nun konnte sie nichts mehr halten. Sie rannte zu dem Gehöft, das größer war, als es von Ferne schien. Mutig betrat Karla den Hof, der aus zwei langen Gebäuden, die wohl die Ställe des Gestüts waren, einem großen Hauptgebäude, das wohl als Wohnhaus diente, und einer Scheune bestand. Karla blieb an der Hofeinfahrt stehen und blickte suchend umher. Von Karamba war nichts zu sehen. Eine große, junge Frau mit tiefschwarzen, schulterlangen Haaren war aus dem Jeep gestiegen und ging in Richtung eines der Stallungsgebäude. Nachdem Karla sich vergewissert hatte, dass niemand sie beobachtet hatte, schlich sie der Frau hinterher.

„Ben? Hast du Tali irgendwo gesehen?", fragte eine Frauenstimme mit südländischem Akzent. Es war höchstwahrscheinlich die der schwarzhaarigen Frau. Karla sah, dass sie sich mit einem Pferdepfleger unterhielt. An irgendwen erinnerte sie Karla, doch sie wusste nicht genau an wen. Und wer war Tali?

Ben und die Frau verließen den Stall und Karla wagte es, aus dem Schatten des Türrahmens in die dunkle Stallgasse zu treten. Sie schlich an den geräumigen, noblen Gestütsboxen vorbei und sah sich um.

Plötzlich hörte sie Schritte, die in der Stallgasse hallten. Es kam jemand! Karla blickte sich suchend nach einem Versteck um. Eine Holztür ganz in ihrer Nähe fiel ihr auf. So schnell und leise wie möglich öffnete sie diese und schlüpfte hinein. Drinnen roch es nach Leder und Sattelseife. Durch ein kleines Fenster fielen einige Sonnenstrahlen in den Raum. Sie konnte Sättel erkennen, die an den Wänden sauber geordnet auf Böcken lagen. Hübsche schwarze, polierte Englischsättel. Sie hatte noch nie so viele auf einmal gesehen. Langsam schlich sie in die Ecke der Kammer, wo kaum ein Sonnenstrahl hinreichte. Beeindruckt machte sie einen Schritt zurück und stieß mit dem Rücken an etwas Hartes. Erschrocken drehte sie sich um. Hinter ihr hingen Trensen an Haken. Das, wogegen sie gestoßen war, ragte aus der Wand heraus und war mit einer schwarzen Decke überzogen. Die Decke war staubig und es schien, als habe sie seit Jahren niemand mehr angerührt.

Alte Bekannte

In Karla war die Neugier erwacht. Mit zitternden Fingern griff sie nach der Decke und zog sie herunter. Ihr stockte der Atem. Ein schöner brauner Westernsattel kam zum Vorschein. Er wirkte sehr teuer und edel, denn er war reich verziert, und er sah aus, als sei er oft benutzt worden. Über dem Bock, auf dem der Sattel lag, war ein goldenes Schild angebracht. El Diablo war darauf eingraviert.

Karla musste schmunzeln, als sie feststellte, dass dies der einzige Westernsattel in der ganzen Sattelkammer war. El Diablo ... Irgendwie kam Karla der Name bekannt vor. Sie wusste nicht woher, aber sie war sich ganz sicher, diesen Namen schon einmal gehört zu haben. Der Himmel draußen verdunkelte sich und in der Sattelkammer wurde es noch dunkler, als es ohnehin schon war. Karla konnte bald nur noch die Konturen der Sättel erkennen.

Plötzlich flog die Tür auf und eine Gestalt huschte in die kleine Kammer. Schweres Keuchen war zu hören. Die Person lehnte sich erschöpft gegen die Tür und atmete auf, als sie hörte, dass die Schritte in der Stallgasse verhallten.

Karla wagte kaum zu atmen. Sie drückte sich neben den Westernsattel in die dunkelste Ecke der Sattelkammer und hoffte inständig, nicht entdeckt zu werden.

Doch da schoss ihr ein Gedanke durch den Kopf. Hatte die junge Frau in der Stallgasse nicht nach einem Tali gefragt? Oder war mit Tali ein Mädchen oder eine Frau gemeint gewesen?

Karla wusste es nicht, aber die Gestalt in der Sattelkammer schien sich vor irgendwem zu verstecken. War es möglich, dass dies Tali war?

Karla nahm all ihren Mut zusammen und fragte mit belegter Stimme: „Bist du Tali?" Im selben Moment kam ihr die Frage schon albern vor und sie wünschte sich, sie hätte ihren Mund gehalten. Die Gestalt zuckte zusammen, als sie merkte, dass sie nicht allein in der Kammer war. „Wer ist da?", fragte sie mit mitteltiefer Stimme, der man sofort anhörte, dass sie einem Mädchen gehörte.

Als Karla nicht antwortete, griff sie flink neben sich und betätigte einen Lichtschalter. Im selben Moment erhellte sich der kleine Raum und Karla konnte erkennen, wem sie gegenüberstand. Unbehagen machte sich in ihrem Magen breit, als sie in die dunkelgrünen Augen des Mädchens blickte. Tiefschwarzes Haar hing in Strähnen in ihr Gesicht. Karla erkannte sie sofort. Natalia! Das Mädchen mit den schwarzen Zöpfen. Tali – natürlich! Das war eine Abkürzung für Natalia. An sie hatte Karla die junge Frau aus dem Jeep erinnert.

Natalia schien zwar auch erschrocken, aber nicht gerade verwundert. Karla hatte das Mädchen vor genau einem Jahr auf einer Südseeinsel bei Reiterferien kennengelernt, wo sich Natalia sehr seltsam verhalten hatte und auch daran beteiligt gewesen war, als Karamba und Morgan gestohlen worden waren. Sie war es gewesen, die versucht hatte, Karamba gewaltsam in einen Hänger zu treiben. Damals hatte ein Teil des Geheimnisses um die beiden Geschwister Karamba la Lune und Morgan le Fay aufgeklärt werden können, aber einige Fragen waren geblieben. Die Rolle von Natalia und ihren Verwandten zum Beispiel.

Natalias Blick fiel auf den Westernsattel, der nun nicht mehr von der Decke überzogen war, und Tränen stiegen ihr in die Augen. Karla bemerkte es, ging aber nicht darauf ein.

„Wo ist Karamba?", fragte sie unwirsch, nachdem sich

Natalia immer noch nicht von der Stelle bewegt hatte. Ihr war klar geworden, dass nur Natalia so fies sein konnte, um einen Drohbrief zu verfassen und dann Karamba zu entführen. Natalia wollte etwas sagen, brachte aber keinen Ton heraus. Karla wiederholte ihre Frage. „Gib zu, du hast ihn!" Sie war auf hundertachtzig.

„Ja", presste Natalia nun hervor. Sie hatte den kämpferischen Ausdruck ihrer dunkelgrünen Augen wiedergewonnen. Innerlich aber war sie hin- und hergerissen.

„Bring mich zu ihm", verlangte Karla.

Natalia widersprach nicht, doch ihr Blick zeigte, dass sie ratlos war. „Wirst du ihn mitnehmen?", fragte sie mit zitternder Stimme.

„Ja." Karla war sich ihrer Sache sicher.

„Ich weiß nicht ..." Natalia verließ mit Karla die Sattelkammer. „Es ist gefährlich!" Natalia wusste wohl nicht so recht, was sie sagen sollte.

„Weißt du, was es für eine Frechheit ist, mir einen Drohbrief zu schreiben und dann mein Pferd zu stehlen? Was denkst du dir eigentlich immer wieder dabei?"

Das Mädchen mit den schwarzen Haaren schwieg. Es war plötzlich blass geworden und rannte los. Karla folgte ihrer Widersacherin, bis sie in einem abgelegenen Teil des Stalles angekommen waren. Sie sah ihn schon von Weitem. Aufrecht und mit glänzendem Fell stand er in der Box. Karamba la Lune. Als Karla ihn erblickte, war sie nicht mehr zu halten. Sie raste los und stürmte in die Box, in der er untergebracht war. Ohne zu zögern, schwang sie sich auf seinen Rücken und ritt aus dem Stall. Von Ferne hörte sie noch Natalias Rufe. „Warte! Reite nicht weg! Er ist da draußen nicht sicher." Karla hörte nicht auf sie. Sie hatte Karamba wieder. Das allein war es, was zählte.

Der Unfall

Sobald Karla das Gestütsgelände verlassen hatte, ließ sie den Hengst angaloppieren. Sie hatte Angst, Natalia würde ihr folgen. Sie hielt das Mädchen für verrückt. Eine andere Erklärung gab es aus Karlas Sicht nicht für ihr Verhalten. Karla trieb ihren Hengst an. Sie wollte so schnell wie möglich zurück zu Emma und Julia. Die Wiese, die noch nass vom Regen war, quatschte unter Karambas Hufen. Das Gras war rutschig und der Araber musste extrem aufpassen, um nicht auszurutschen. Karla war schon lange nicht mehr so schnell geritten und fühlte sich einfach unbeschreiblich. Aber sie konnte sich nicht allzu gut auf den Ritt konzentrieren, denn sie hatte Angst, Verfolger seien hinter ihr her. Also trieb sie ihren Hengst zu einem immer schnelleren Galopp an. Sie wusste selbst, dass es gefährlich war, bei rutschigem Untergrund in so rasantem Tempo zu galoppieren, aber ihre Angst war größer als ihre Vernunft. Die Landschaft flog an ihr vorbei und sie sah die Welt um sich herum nur noch verschwommen.

Plötzlich tauchte eine riesige Pfütze vor ihr auf. Karla versuchte noch, den Hengst herumzureißen, aber es gelang ihr nicht. Karamba schaffte es nicht mehr auszuweichen. Die Pfütze war tief und schlammig. Als der Araber hineinpreschte, geriet er ins Wanken und seine Hufe rutschten unter dem Körper weg. Er knickte um und stürzte. Karla, die nicht recht realisierte, was passierte, wurde aus dem Sattel geschleudert, landete am Rand der Wasserfläche und verlor das Bewusstsein. Karamba versuchte unter einiger Anstrengung, schnell wieder auf die Beine zu kommen, und schaffte es auch. Erschrocken sah er zu Karla hinüber, die regungslos auf der Erde lag. Er tänzelte aufgeregt hin und her, unschlüssig, was er tun sollte.

Es begann wieder, leicht zu tröpfeln, als Natalia einem der Pferdepfleger des Arabergestüts die Zügel seiner Stute Canito-Blanca aus der Hand riss und mit einem gekonnten Sprung aufsaß. Sie fühlte sich unwohl in dem kleinen schwarzbraunen Englischsattel der Stute. Natalia war es gewohnt, im Westernsattel zu reiten. Erinnerungen kamen in ihr hoch, doch sie versuchte, sie zu verdrängen.

Canito preschte los, als Natalia ihr die Fersen in die Flanken drückte. Gedanken rasten durch den Kopf des schwarzhaarigen Mädchens, als sie in die Richtung galoppierte, in die Karla verschwunden war. In der Nähe war eine Quarterhorsestute am Zaun angebunden. Natalia nahm sie zur Kenntnis, schenkte ihr aber keinerlei weitere Beachtung.

Sie sah ihn schon von Weitem kommen. In seinen Augen blitzte Angst. Natalia erschrak, als sie sah, dass er reiterlos war. Dann fiel ihr auf, dass sein Fell mit riesigen Schlammflecken übersät war. Sie sprang ab und wollte ihn an den herunterhängenden Zügeln packen, doch er wendete im selben Augenblick und galoppierte in die Richtung davon, aus der er gekommen war. Natalia nahm auf Canito-Blanca die Verfolgung auf, bis sie an die Stelle kam, wo Karla immer noch bewusstlos auf der feuchten Erde lag.

El Diablo

Als Karla die Augen aufschlug, war das Erste, was sie sah, Emma. Ihre beste Freundin saß auf einem einfachen, graubraun gepolsterten Stuhl neben dem Bett, in dem sie selbst lag. Es war hell in dem kleinen, karg eingerichteten Krankenzimmer des städtischen Krankenhauses. Emmas Miene hellte sich schlagartig auf, als sie sah, dass Karla endlich wieder bei Bewusstsein war.

„Karamba", war das Erste, was Karla hervorbrachte.

Emma lächelte. „Er ist bei Natalia auf dem Gestüt."

„Bei der Verrückten? Wieso?" Karla war beunruhigt.

„Sie ist nicht verrückt. Sie hat dich gefunden und den Krankenwagen gerufen."

In diesem Moment betrat ein Arzt in weißem Kittel den Raum. Er schien noch recht jung zu sein und sah irgendwie unfreundlich aus. „Gut, sie ist wieder bei Bewusstsein", erkannte er, dann stellte er sich vor. Dr. Johannes Griffel war sein Name und Karla fand ihn tatsächlich unsympathisch.

Sie wollte sich aufsetzen, als ein stechender Schmerz durch ihre rechte Schulter fuhr, sodass sie sich mit einem leisen Aufschrei zurück in die weißen Kissen des Krankenbettes sinken ließ. Der Arzt untersuchte die Schulter und verschiedenste Gelenke. An seiner Mimik war nicht abzulesen, was er dachte. Schlagartig wurde Karla klar, dass sie einen schweren Reitunfall gehabt haben musste und dass die Ausübung ihres liebsten Hobbys möglicherweise dadurch beeinträchtigt werden konnte. Was, wenn sie sich etwas gebrochen hatte? Oder gar schlimmer?

Karla hatte Angst. Und was war mit Karamba? Hatte er sich bei dem Sturz auch verletzt? Emma hatte nur gesagt, dass er auf dem Arabergestüt war. Über seinen gesundheitlichen Zustand hatte sie kein Wort verloren. Was, wenn es ihm schlecht ging? Nachdem der Arzt seine ersten Untersuchungen abgeschlossen hatte, verließ er das Zimmer. Wenig später traten Karlas Eltern, ihre kleine Schwester Cindy und Julia ein. Karla wusste immer noch nicht genau, was eigentlich geschehen war. Julia erzählte ihr wenig später, dass sie in eine matschige Pfütze hineingaloppiert sein musste, Karamba war ausgerutscht und umgeknickt. Karla war vom Pferd gefallen und dummerweise mit dem Bein genau auf einigen scharfkantigen Steinen gelandet. Karamba hatte, so weit unversehrt, nur sehr erschrocken, Hilfe holen wollen und war auf Natalia getroffen, die den beiden aus Sorge um Karamba gefolgt war. Sie wiederum hatte den Krankenwagen benachrichtigt, mit dem Karla ins nächste Krankenhaus gebracht worden war.

Es wurde Abend und draußen verdunkelte sich der Himmel nach und nach zu einer dichten, dunklen blaugrauen Decke, die sich langsam über das Land legte. Karlas Familie und auch Julia machten sich auf den Heimweg. Emma versprach, noch ein bisschen zu bleiben, aber auch sie musste sich irgendwann verabschieden, um den letzten Zug zurück in ihr Heimatdorf nicht zu verpassen. Der Wanderritt, der so lustig und fröhlich begonnen hatte, endete viel zu früh und in einem Krankenhaus.

Karla bekam Abendessen von einer Krankenschwester serviert, legte es jedoch bald weg, da es scheußlich schmeckte. Plötzlich klopfte es an der Tür.

„Herein!" Karla war gespannt, wer zu so später Stunde noch kommen würde. Ein Mädchen trat ein, dessen tiefschwarzes Haar in Strähnen über seine Schulter fiel. Natalia. „Hi", begrüßte Karla sie knapp. „Hab gehört, du hast mich nach dem Sturz gefunden."

Natalia wirkte schüchtern und zurückhaltend. Für einen Moment drehte sie sich zur Seite, sodass Karla ihr Gesicht nicht sehen konnte. Dann schüttelte sie plötzlich den Kopf, sodass ihr die Haare um den Kopf flogen, und machte eine Handbewegung, als wolle sie einen unsichtbaren Angreifer von sich stoßen. Karla beobachtete ihr Verhalten irritiert. War das Mädchen doch verrückt?

Ruckartig drehte sie sich wieder zu Karla um und blickte sie mit stechenden grünen Augen an. Karla konnte Tränen darin ausmachen. Sie erkannte, dass Natalia mit irgendeinem Geheimnis zu kämpfen hatte.

„Karamba geht es gut, er hat nur einen kleinen Kratzer an der rechten Hinterhand", bekannte Natalia und setzte sich auf einen Stuhl neben Karlas Bett, während die Tränen nun über ihr Gesicht kullerten. „Ich wollte ihm nicht wehtun. Nicht auf Tokandiana und nirgendwo anders. Das musst du mir glauben. Es ist nur ..." Sie unterbrach sich für einen Moment und schluchzte gequält auf. „El Diablo!", stieß sie hervor und es klang wie ein Zauberspruch oder eine Verwünschung.

„El Diablo?" Karla blickte verwirrt zu dem Mädchen hin.

Natalia schaute sie mit ihren grünen Augen und starrem Blick an. „Er war mein Pferd. Und er war der Vater von Karamba und Morgan. Ich habe ihn sehr geliebt."

Jetzt verstand Karla gar nichts mehr. „Was ist mit ihm geschehen?", fragte sie.

Wieder rollten dicke Tränen über Natalias Wangen. „Mein Vater ... er hasst Pferde. Er hat ein paar schlechte Erfahrungen mit ihnen gemacht. Meine Mutter ist die Besitzerin des Arabergestüts Erlenhof und liebt Pferde schon immer. Mein Vater hat sich nie besonders für die Tiere interessiert, aber das war meiner Mutter egal. Der Bruder meines Vaters allerdings liebte Pferde, genau wie ich und meine Mutter. Allerdings hat er seinen Job als Pferdepfleger auf einem Reiterhof verloren, als dieser pleiteging. Er hat lange überlegt, wie er nun Geld verdienen sollte, und ist mit Pferdediebstahl auf die schiefe Bahn geraten. Mein Vater hat das rausbekommen und einen heftigen Streit angefangen, von dem meine Mutter und ich aber nichts mitbekommen haben. Schließlich hat er meinem Onkel gedroht, die Polizei zu verständigen, wenn er ihm nicht einen Teil des Geldes abgibt. Und eines Tages hat mein Vater meinem Onkel sogar bei einem Pferdediebstahl geholfen. Allerdings hat ihn der Huf eines scheuenden Pferdes am Schienbein getroffen und er musste einige Zeit an Krücken gehen. Als meine Mutter erfahren hat, dass mein Vater an einem Pferdediebstahl beteiligt gewesen ist, hat sie sich von ihm getrennt und er ist wenig später ausgezogen. Das hat ihn so wütend gemacht, dass er Rache an meiner Mutter üben wollte. Eines Nachts ist er in einen der Gestütsställe geschlichen, um ihn in Brand zu setzen. Mein Hengst El Diablo wollte ihn daran hindern und hat ihn in die linke Hand gebissen. Noch heute ist diese Hand von einer fleischigen Narbe gezeichnet."

Natalia machte eine kleine Pause. Ihr Gesicht war blass wie der Mond und ihre Augen waren rot von den Tränen. Die Erzählung schien sie sehr anzustrengen und sie sah extrem mitgenommen aus. Doch sie fuhr fort: „Er hat einen ganzen Heuhaufen in Brand gesteckt und ist einfach abgehauen. Leider ist das Feuer zu spät entdeckt worden. Der Stall war voll mit Pferden des Gestüts. Manchen ist die Flucht gelungen. Sie haben es in ihrer Panik geschafft, die Boxentüren einzuschlagen. Zwei Pferde konnte meine Mutter zudem aus dem brennenden Gebäude retten. El Diablo hat es leider nicht geschafft. Er ist verbrannt und niemand konnte ihn retten. Seine Hufeisen sind das Einzige, was mir

geblieben ist." Ein Schluchzen ließ Natalia erzittern. Ihr Gesicht war tränenüberströmt und sie sah gespenstisch aus, wie sie zusammengekauert auf dem Krankenhausstuhl saß.
"Eine Zeit lang habe ich geglaubt, alles sei vorbei. Ich habe recherchiert und herausgefunden, dass El Diablo zwei Fohlen hatte. Karamba la Lune und Morgan le Fay. Ich habe mich erinnert, dass ich sie schon einmal gesehen hatte. Mein Onkel hatte einmal versucht, sie zu kaufen. In derselben Zeit hat er von dem Brand erfahren und mir versprochen, eines der beiden Pferde zu beschaffen. Aber ich wusste, dass ich Karamba oder Morgan nie so lieben könnte wie El Diablo. Mein Onkel hat sie dem Müller in Tokandiana gestohlen und wollte mir Karamba zu Weihnachten schenken. Aber er ist weggelaufen. Ich habe mich auch nicht gut um ihn gekümmert. Mein Onkel hat versucht, Morgan für viel Geld zu verkaufen, doch auch sie ist ihm abgehauen. Zur selben Zeit hat mein Vater, der sich nicht mit der Wunde an seiner linken Hand abfinden konnte, von Karamba erfahren und herausgefunden, dass er bei euch untergestellt ist. Eines Nachts hat er versucht, Karamba zu entführen, weil er einen solchen Hass auf ihn hatte. Schließlich ist Karambas Vater schuld an seiner narbigen Wunde, die nie mehr richtig verheilen wird. Er hat versucht, ihn hinauszuprügeln. Als das nicht funktionierte, hat er ihn mit Rattengift vergiftet. Ich hasse meinen Vater dafür. All das hat er mir sogar selbst erzählt. Wie ein Wahnsinniger hat er einmal bei mir angerufen und mir die ganze Wahrheit gestanden. Meine Mutter war der Meinung, ich bräuchte Abstand von den ganzen Problemen in Deutschland. Also hat sie mich für Reiterferien nach Tokandiana geschickt. Da allerdings bin ich auf meinen Onkel gestoßen und auf dich, Emma, Karamba und Morgan. Ich war wie in Trance und plötzlich waren die ganzen schrecklichen Bilder wieder da. Mein Onkel hat mir versprochen, mir Karamba

wieder zurückzuholen, und so haben wir ihn entführt." Natalia wirkte nun hellwach. Sie fixierte einen Punkt auf der schneeweißen Wand und schien geradezu durch ihn hindurchzuschauen.

„Mein Onkel ist damals von der Polizei geschnappt worden und ins Gefängnis gekommen. Wenig später auch mein Vater. Allerdings ist mein Vater inzwischen wieder auf freiem Fuß. Er ist hinter deinem Pferd her, deshalb habe ich Karamba aufs Gestüt gebracht. Ich habe beobachtet, dass er euch bei eurem Wanderritt verfolgt hat, und ich sah keine andere Möglichkeit, um Karamba zu retten." Eine lange Pause trat ein.

„Du hast mich gewarnt, als ich wie besessen mit Karamba vom Hof geritten bin. Ich habe es damals nur nicht verstanden. Der Sturz hat mich gerettet. So sind wir nicht weit gekommen und ich habe mich und Karamba nicht noch mehr in Gefahr gebracht." Karla konnte die ganze Geschichte kaum fassen. Es war einfach zu unglaublich.

Schwerwiegende Folgen

Als Karla am Morgen vom Röntgen zurückkam, saß ihre beste Freundin schon an ihrem Krankenbett. Karla musste grinsen, als sie sah, dass Emma mal wieder dabei war, Schokolade zu futtern. Das Mädchen mit den schönen kastanienbraunen Haaren hatte eine Vorliebe für Süßigkeiten und naschte, wann immer sie konnte.

„Nichts als Schokolade im Kopf!" Karla sah ihre Freundin mit gespielt vorwurfsvollem Blick an.

„Aber, Karla ...", wollte Emma sich gerade verteidigen, als die Tür aufging und der unfreundlich dreinblickende Arzt den Raum betrat.

„Karla Herdner." Er sah sie mit dem gleichen ausdruckslosen Blick an wie gestern. „Du hast noch einmal Glück gehabt. Es ist nichts gebrochen. Nur eine leichte Verstauchung des linken Knöchels und eine Prellung an der Schulter, die aber in wenigen Tagen abgeklungen sein wird. Allerdings solltest du in den nächsten zwei Monaten starke Erschütterungen oder Belastungen der verletzten Stellen vermeiden. Wir legen dir morgen eine Schiene an, die den Knöchel stützt, und du wirst einige Zeit mit Krücken gehen müssen. Der Fuß darf in nächster Zeit keinesfalls belastet werden. Was deine Schulter betrifft, solltest du Sport unterlassen, der aufgrund der Fußverletzung ohnehin nicht betrieben werden kann."

Karla sah den Arzt von der Seite an. Erst jetzt wurde ihr bewusst, was das bedeutete: mindestens zwei Monate nicht reiten! Wie sollte sie das aushalten? Karla war geschockt. Sie hätte am liebsten losgeheult. Wieso? Wieso? Wieso? Wie sollte sie zwei ganze Monate ohne Reiten überstehen?

Emma versuchte, sie zu trösten, aber es funktionierte nicht. Karla starrte stattdessen die öde weiße Krankenhauswand an und redete kein Wort. Ihre Laune war im Keller. Sie lag hier in einem Krankenhaus, ihr tat alles weh und sie durfte die nächste Zeit nicht reiten. Und wo war Joel? Auf dieser dummen Insel am Strand und ließ es sich gut gehen. Er hatte von alledem nichts mitbekommen. Wann hätte Karla es ihm auch erzählen sollen? Sie lag ja ständig nur in diesem hässlichen weißen Zimmer, und als sie am Tag zuvor versucht hatte, ihn anzurufen, war nur die Mailbox drangegangen. Er ließ es sich gut gehen, während sie verletzt im Krankenhaus lag.

„Na, ein Superfreund. Genau wie man es sich wünscht", dachte Karla verbittert und starrte emotionslos an die Decke.

Erst als die Tür sich öffnete und Natalia den Raum betrat, blickte sie auf. „Na, wie geht es dir?", fragte die Besucherin. Sie sah wacher und besser aus als am Tag zuvor, als sie Karla von El Diablo erzählt hatte.

„Ich darf zwei ganze Monate nicht reiten. So geht's mir!", fauchte Karla.

Natalia konnte nachvollziehen, wie sich Karla fühlen musste. Sie selbst war eine begeisterte Reiterin, auch wenn der Tod ihres geliebten Pferds ein schwerer Schlag für sie gewesen war.

Karla merkte augenblicklich, woran Natalia dachte. „Ich weiß. Es sind nur zwei Monate, in denen ich nicht auf Karambas Rücken sitzen darf. Du hast dein Pferd für immer verloren."

Natalia blickte sie mit ruhigen Augen an. „Ich weiß, wie schlimm für dich diese zwei Monate sind. Karamba geht es gut. Ich war heute Morgen bei ihm. Ich glaube, er vermisst dich." Natalia lächelte und ihre Augen schimmerten in den schönsten Grüntönen. „Ich weiß, wie sehr du den Hengst liebst. Er ist El Diablos Sohn."

Emma, die den Raum verlassen hatte, um sich einen Becher Kakao am Automaten zu kaufen, betrat das kleine Krankenzimmer.

„Erzähl Emma die Geschichte von El Diablo. Es geht sie auch etwas an. Schließlich ist sie Morgans Besitzerin", bat Karla das schwarzhaarige Mädchen, das prompt der Bitte nachkam.

Emma saß noch immer staunend und mit offenem Mund da, nachdem Natalia längst geendet hatte. Auch diesmal hatte sie die Geschichte von El Diablo sichtlich mitgenommen, denn erneut glitzerten Tränen in ihren Augen und ihre Stimme war brüchig.

„Das ist heftig!" Emma blickte auf. „Und dein Vater läuft immer noch irgendwo da draußen herum?"

Natalia nickte betreten. Auch Karla schluckte. Die Gefahr war noch nicht gebannt. Das fiel ihr jetzt erst auf. Schwebte ihr geliebtes Pferd etwa immer noch in Lebensgefahr? Angst stieg in ihr hoch. Sie hatte geglaubt, alle Probleme seien nun beseitigt, aber so war es nicht. Das wurde ihnen nun schlagartig klar.

„Ich rufe sofort auf dem Gestüt an und bitte ein paar Pferdepfleger, Karamba unter ihren persönlichen und ständigen Schutz zu stellen." Damit verschwand Natalia in Richtung des Krankenhausaufenthaltsraums, in dem man Handys benutzen durfte. Sie kehrte jedoch bald zurück, ohne ihr Smartphone benutzt zu haben. Ein Blick auf die Tageszeitung hatte gereicht, um ihr besorgtes Gesicht aufzuhellen. Karla und Emma wunderten sich, als Natalia, die Zeitung über dem Kopf herumwedelnd, ins Zimmer gestürmt kam.

„Mein Vater! Er ist keine Gefahr mehr!" Natalia jubelte. Die beiden Freundinnen blickten sie fragend an. „Hier ist ein Artikel, in dem steht, dass er einen Unfall gebaut hat und mit ein paar Bier zu viel im Graben gelandet ist. Die Polizei hat ihn in Gewahrsam genommen, weil er ständig etwas davon gefaselt hat, er müsse ein Pferd umbringen. Er wurde in eine Psychiatrie eingeliefert und man hat später ein geladenes Gewehr in seinem Kofferraum gefunden. Karamba schwebte also wirklich in höchster Lebensgefahr. Aber nun ist er in Sicherheit."

Freundschaft

Nach ein paar Tagen durfte Karla das Krankenhaus verlassen. Am Nachmittag würden Samara und Julia kommen und Karamba vom Gestüt abholen. Karla wollte sofort zu ihrem Hengst, deshalb fuhr ihre Mutter sie und Emma gleich zu Natalia auf den Hof. Das Mädchen erwartete die beiden schon.

„Ich muss sofort zu Karamba." Karla war ganz aufgeregt. Sie war zwar noch etwas unbeholfen mit den Krücken, aber an die musste sie sich wohl gewöhnen.

Natalia führte sie über den Hof des Gestüts und eine lange, dunkle Stallgasse entlang, bis sie zu einer großen Box kamen, in der Karamba aufgeregt hin und her tänzelte. Er hatte seine Menschenfreundin schon entdeckt und streckte ihr freudig die Schnauze entgegen. Karla gab ihrem Liebling ein Küsschen und streichelte sein wundervoll seidiges Fell. Sie war überglücklich, ihn zu sehen, auch wenn sie nur wenige Tage von ihm getrennt gewesen war. Es kam ihr vor, als wären es Jahre gewesen.

Als Natalia ihnen eine kleine Führung durch die Stallungen und Hallen des Gestüts gegeben hatte, brachte sie Karla und Emma zu einer versteckten Scheune zwischen ein paar Apfelbäumen. Ihre Augen mussten sich erst an die Dunkelheit gewöhnen, als sie den modrig riechenden Raum betraten. Natalia zündete eine Kerze an, die am Eingang lag. Nun konnten die Mädchen erkennen, dass an der einen Seite des niedrigen Raums eine Art Denkmal errichtet worden war. Natalia ging schweigend darauf zu und zündete zwei weitere Kerzen an. Nun konnten Karla und Emma eine große steinerne Tafel erkennen, in die ein Pferd eingemeißelt war. Ein Araber mit hübschen, wachen Augen. Unter dem Pferdekopf war in schnörkeligen Buchstaben El Diablo in den Stein gehauen worden. Davor standen Fotos, die das Pferd zeigten, ein goldener Pokal und ein Hufeisen, in dem eine schwarz-weiße Pferdehaarsträhne lag. An dem Steinblock, in den das Pferd eingehauen war, hingen eine hübsch gearbeitete Trense und ein paar Schleifen. All das waren Natalias Erinnerungen an El Diablo. Das Denkmal war mit so viel Liebe gestaltet worden, dass es schon fast aussah wie gemalt.

Karla war mulmig bei dem Gedanken, dass dies das Einzige war, was Natalia von ihrem Pferd geblieben war. Unbestimmte Befürchtungen machten sich in ihrem Kopf breit, doch sie verdrängte sie schnell wieder.

Natalia war wieder blasser geworden und der Anblick des Gedenksteins schien sie emotional ziemlich mitzunehmen. Emma legte ihr geistesgegenwärtig einen Arm um die Schulter. Karla hielt es nicht länger an diesem schummrigen Ort aus. Sie humpelte, auf ihre Krücken gestützt, aus der Scheune. Emma und Natalia blieben noch ein bisschen, dann kehrten auch sie zurück ans Tageslicht.

Draußen war es ziemlich schwül-warm und die Luft lag drückend über der Landschaft. Karla hatte es mit einiger Anstrengung trotz ihrer Krücken geschafft, Karamba aus der Box zu holen und ihn auf die Wiese vor der Scheune zu führen. Sie saß im weichen Gras, als Natalia und Emma zu ihr traten. Karamba hatte seinen Kopf auf ihrem abgelegt und stand halb dösend da. Karla genoss die Nähe zu ihrem Pferd. Zwischen ihr und Karamba bestand eine unsichtbare Verbindung. Es war, als könnte sie die Gedanken des Hengstes lesen und umgekehrt. Das war das schönste Gefühl, das das Mädchen kannte. Sie versuchte aufzustehen, aber sie schaffte es nicht, da sie den einen Fuß nicht richtig belasten konnte. Ihre beste Freundin kam ihr zu Hilfe. Glücklich lehnte sich Karla an Karambas Rücken.

Natalia, die das Schauspiel aus einiger Entfernung beobachtet hatte, kam nun herbei und blickte Karla und Karamba bewundernd an. „Das, was euch verbindet, ist pure Freundschaft. Ich erinnere mich noch gut, dass es mit mir und El Diablo genauso war. Ihr könnt sehr glücklich sein, solche Pferde zu besitzen." Karla und Emma lächelten. „Ich weiß, wir hatten einen miesen Start und da bin allein ich dran schuld." Natalia blickte beschämt zu Boden. „Also, ich würde mich freuen, wenn ihr mir noch 'ne Chance geben würdet, denn ich wäre voll gerne mit euch befreundet."

Karla nickte aufmunternd. „Logo. Jetzt können wir dich ja verstehen. Nur damals war es uns unbegreiflich, wie du so mit unseren Pferden umgehen konntest." Emma nickte zustimmend.

Natalia lächelte. „Ihr wisst nicht, wie glücklich ihr euch schätzen könnt. Ihr kennt das Gefühl von Freundschaft. Zwischen Mensch und Pferd und unter Menschen. Das ist sehr wertvoll."

Aber das musste sie den beiden gar nicht erst sagen, das hatten sie schon selbst gewusst. Und sie waren darüber sehr froh.

Schwere Zeiten für Karla

Als sie die Einfahrt zum Hof hinauffuhr, fielen der gesamte Stress und die Angst der letzten Tage von Karla ab. Sie saß auf der Rückbank von Samaras Wagen neben Emma und hatte die ganze Fahrt aus dem Fenster gestarrt. Sie würde ihren geliebten Hengst zwei Monate nicht reiten können. Das war ein schwerer Schlag. Wie sollte sie das aushalten?

Sie blieb bis spät abends auf dem Hof. Die Hitze ließ langsam nach und die Pferde waren draußen auf der Koppel. Nachdem das Mädchen Julia geholfen hatte, die Sattelkammer aufzuräumen und ein paar Sättel zu putzen, setzte es sich am Rande der Koppel, auf der die kleine Herde stand, ins Gras und schaute den Pferden zu.

Der Fuß schmerzte noch etwas und die Krücken waren lästig. Aber es ließ sich nicht ändern und eigentlich war es gut, dass Karamba ausgerutscht war. Wer weiß, was passiert wäre, wenn sie andernfalls Natalias Vater über den Weg gelaufen wären ...

Eigentlich war alles gut und Karla wusste nun, wieso Natalia sich ihr gegenüber so komisch verhalten hatte. Noch drei Wochen lang waren Sommerferien. Die meisten ihrer Freundinnen waren verreist, nur Emma war da. Und auch die würde bald eine Woche zu einer Tante fahren. Joel saß auf Teneriffa und ließ nichts von sich hören. Eigentlich hatte sich Karla vorgenommen, sich intensiv mit dem Training von Karamba zu befassen, ihn vielleicht sogar mal wieder auf ein Turnier vorzubereiten. Diese Pläne konnte sie nun jedoch vergessen. Sie konnte Karamba mit den Krücken noch nicht einmal longieren.

Julia kam zur Koppel und blickte Karla verwundert an. „Du sitzt ja immer noch hier. Wird das nach 'ner Dreiviertelstunde nicht irgendwann mal langweilig?"

Karla lächelte. „Nö. Und außerdem, was bleibt mir anderes übrig? Reiten kann ich nicht und Karamba hat es verdient, mit den anderen friedlich zu grasen. Also schau ich ihm dabei zu. Hauptsache, ich bin in seiner Nähe."

Julia lächelte. Sie wusste, wie gern Karla bei ihrem Pferd war, und selbst wenn es nur darum ging, Karamba zu putzen, die anderen Pferde zu füttern oder Julia zu helfen, die Ställe auszumisten. Alles, was mit Pferden zu tun hatte, machte der Dreizehnjährigen Spaß.

Karla pfiff einmal kurz durch die Zähne und Karamba kam sofort angetrottet. Da seine Menschenfreundin im Gras saß, beugte er den Kopf neugierig nach unten, um mit ihr auf Augenhöhe zu sein. „Hey, mein Süßer." Karla strich ihm sanft über die Nüstern. Karamba schien das zu gefallen. Nach einer Weile legte er seinen Kopf auf Karlas, als wolle er sie beschützen. „Na, hast du 'ne Ablage für deinen Dickschädel gefunden?" Karla musste grinsen, denn wie zur Bestätigung wurde der Druck auf ihrem Kopf schwerer. „Jetzt schlaf aber da oben ja nicht ein!" Karla klopfte dem Araber den Hals. Es war eigentlich alles gut, außer dass sie Reitverbot hatte. Das dachte Karla zumindest.

„Mach schon, Mama! Ich muss zum Ballett!" Karlas kleine Schwester Cindy rutschte ungeduldig auf der Rückbank des Familienautos herum. Karla schaltete das Radio an und hockte gelangweilt auf dem Beifahrersitz. Sie musste zum Arzt und Cindy hatte Tanzunterricht. Das Mädchen hätte den Nachmittag viel lieber auf dem Reiterhof bei seinem Pferd verbracht, aber der blöde Arzttermin musste nun mal sein.

Draußen war schönes Wetter, Emma war bei ihrer Tante, von Joel hatte sie schon lange nichts mehr gehört und Natalia wohnte zu weit weg. Die einzigen Menschen um sie herum waren ihre Familie und Julia. Jene versuchte, ihre Reitschülerin immer wieder aufzumuntern, denn sie konnte nachvollziehen, wie Karla sich fühlen musste. Es war echt zum Verzweifeln, fand Karla. Wieso musste sie diese dumme Schiene tragen und Erschütterungen vermeiden?

„Schade, aber ich kann es verstehen. Klar schau ich jeden Tag nach Karamba."

Julia fegte die Stallgasse. Karla half ihr, so gut es mit den Krücken möglich war. Sie hatte Julia einen schweren Entschluss mitgeteilt. Sie wollte nicht mehr jeden Tag in den Stall kommen. Es war zu frustrierend, Karamba zu sehen und zu wissen, dass sie ihn zwei Monate nicht reiten durfte. Sie hatte beschlossen, ihren Hengst von nun an nur noch zweimal die Woche zu putzen und zu pflegen. Sie brauchte ein bisschen Abstand zu dem Leben auf dem Reiterhof, das spürte sie.

„Alle anderen sind im Urlaub oder im Freibad und ich hocke hier rum und langweile mich. Und das in den Sommerferien. Die ersten Sommerferien, in denen das Wort Langeweile in meinen Gedanken auftaucht. Aber was soll ich machen?" Karlas Laune war im Keller. Draußen war es heiß und unter der Schiene juckte es. Sie ließ ihren Blick über den Bildschirm ihres Computers schweifen. Karamba blickte ihr vom Desktophintergrund entgegen. „Mist!" Karla fluchte über sich selbst. Überall war ihr Hengst.

Das Schlimmste war, dass sie es nicht aushielt, ihn nicht zu sehen und ihm nicht durch die seidige Mähne zu fahren. Karla wusste, dass alles nur noch schlimmer werden würde, wenn sie ihren Entschluss nicht aufrechterhielt. Aber es war auch so eine Katastrophe! Sie öffnete ihr E-Mail-Postfach und fand zwei Nachrichten darin. Eine von Natalia und eine von Joel. Sie öffnete die von Natalia zuerst, denn sie war neugierig, wie es dem Mädchen ging.

Hi Karla,
hoffe, die zwei Monate kommen dir nicht allzu lange vor. Der erste ist zum Glück schon in einer Woche rum. Und ich hoffe auch, diese Mail muntert dich ein bisschen auf. Wie geht es Emma und ihrer Morgan le Fay? Und wie geht es Karamba? Ich sollte lieber nicht zu viel nach ihm fragen, sonst wirst du noch trauriger, dass du ihn nicht reiten kannst. Was machst du sonst so den ganzen Tag? Ich helfe meiner Mutter, das Gestüt zu managen. Ich würde dich gerne mal besuchen, habe aber im Moment zu viel zu tun. Vielleicht klappt es ja in den Herbstferien mal.
LG Natalia

Karla lächelte. Das Mädchen, das sie einst so gehasst hatte, war nun eine gute Freundin geworden. Das war schön und sie wusste, dass das, was mit Karamba und Morgan auf Tokandiana geschehen war, endgültig der Vergangenheit angehörte. Sie klickte den Antworten-Button und schrieb:

Hey Natalia,
danke für deine Mail. Karamba und Morgan geht es gut. Emma ist bei ihrer Tante und ich sitze hier rum und versuche mich von Karamba abzulenken, was so gut wie unmöglich ist. Die Idee mit den Herbstferien klingt gut und ich hoffe, dass es klappt.
LG Karla

Danach öffnete sie die E-Mail von ihrem Freund und wunderte sich. Die Nachricht war komplett leer.
„Na ja", dachte Karla, „vielleicht hat er einfach aus Ver-

sehen auf Senden gedrückt, bevor er was geschrieben hat. Das sähe ihm mal wieder ähnlich."

Bald sollte Karla allerdings feststellen, dass es mit dem Unfall noch nicht genug gewesen war. Sie befand sich an einem Tiefpunkt, der nur schwer zu überwinden sein würde.

Karla, die sich langsam an das Gehen mit Krücken gewöhnt hatte, stieg mit etwas Mühe aus dem fast leeren Bus aus. Sie hatte sich mit Ronja verabredet, die versprochen hatte, sie ein wenig abzulenken. Ronja wartete schon vor dem Eingangstor des riesigen Grundstücks, auf dem die große weiße Villa ihrer Familie stand.

„Na, wie geht's?", begrüßte sie die Schulkameradin fröhlich wie meistens.

Karla versuchte zu lächeln. „Es ging mir schon besser."

Die beiden machten sich auf den Weg zum nahen Supermarkt, um ein paar Süßigkeiten zu kaufen, die sie danach auf einer Mauer sitzend vertilgten. Es war ein etwas trüber Tag und man sah den Wolken an, dass es wohl noch gewittern würde.

Ronja und Karla waren so in Gedanken versunken, dass sie nicht merkten, wie sich von hinten jemand anschlich. Ronja kreischte auf, als sich zwei starke Arme um ihre Schultern legten. Sie drehte ihren Kopf ein wenig zur Seite und blickte ihrem Freund Luca in die kastanienbraunen Augen. Er küsste sie kurz auf die Backe und kletterte dann zu den beiden Mädchen auf die Mauer.

„Ihr habt Süßes. Das find ich gut." Er begrüßte Karla mit einem lässigen Handschlag und machte sich dann an den Süßigkeiten zu schaffen. „Was ist mit deinem Fuß, Karla?" Er betrachtete verwundert die Schiene an ihrem Knöchel.

„Reitunfall." Sie verzog das Gesicht zu einer bitteren Fratze.

Böse Überraschungen

Es war ein sonniger Spätsommertag. Noch eine Woche dauerten die Sommerferien und Karla war froh, dass Emma heute von ihrer Tante zurückkommen würde. Sie hatte sich für den Nachmittag mit ihrer besten Freundin im Eiscafé verabredet. Emma schwang sich auf ihr Bike, um noch rechtzeitig im Café anzukommen. Da es auf der Rückfahrt von ihrer Tante Stau auf der Autobahn gegeben hatte, war sie etwas spät dran. Sie wusste, dass sie etwa zehn Minuten brauchte, um mit dem Rad in die Kleinstadt zu kommen, in der Karla und sie zur Schule gingen. Allerdings zeigte die Ampel am Ortseingang Rot und sie beschloss kurzerhand, die Abkürzung durch ein paar schummrige, enge Seitensträßchen zu nehmen. Sie war sehr schnell gefahren und ganz schön außer Atem, deshalb hielt sie einen Moment an und atmete tief durch.

Emma erschrak, als sie nicht weit von sich entfernt eine aufgebrachte Mädchenstimme hörte, die langsam näher kam. „Wieso hast du mir verschwiegen, dass du 'ne Freundin hast? Wieso erfahre ich das jetzt und hier und nicht schon auf Teneriffa?" Das Mädchen schien wütend zu sein.

Emma dachte sich nichts dabei, bis sie eine zweite Stimme, die eines Jungen, hörte und ihren Ohren nicht traute. Nein! Das konnte nicht sein! Das war einfach unmöglich. Im Stillen hoffte sie, es sei eine Verwechslung. Aber als die beiden eine Straße weiter für einen Moment zu sehen waren, verflog jeglicher Zweifel. „Ach, dieses pferdeverrückte Mädchen. Sie kann echt lieb und nett sein, aber was habe

ich von ihr? Ich mache Schluss, sobald ich sie sehe." Die beiden waren nun in einem heruntergekommenen Hinterhof angelangt. Das Mädchen stemmte trotzig die Hände in die Hüften. „Du bist echt mies, weißt du das?" Sie sah ihn halb enttäuscht, halb ärgerlich an.
„Stella, ich liebe dich! Bitte lass uns die ganze Sache vergessen. Es war so schön mit dir auf Teneriffa und dass du jetzt hier bist ..." Sie bewegte sich nicht vom Fleck und sah ihn mit unbewegtem Blick an. Der Junge ging zielstrebig auf sie zu und küsste sie.
Emma konnte nicht hinsehen. Sie fühlte sich zerrissen. Wie sollte sie Karla beibringen, dass sie deren Freund gerade beim Fremdknutschen erwischt hatte? Dass Joel sie von hinten bis vorne betrog? Sie schwang sich auf ihr Rad und fuhr so schnell wie möglich davon. Sie konnte und wollte es nicht glauben. Sie wusste, wie verletzt Karla sein würde. Wie sollte sie es ihr sagen? Sollte sie es ihr überhaupt sagen?
Emma kam viel zu spät im Café an. Karla wartete schon ungeduldig. Ziemlich fertig ließ sich Emma auf einen Stuhl fallen und bestellte eine Eisschokolade. Ihre Gedanken kreisten wie lästige Fliegen in ihrem Kopf herum. Es war kaum zu glauben, was sie eben beobachtet hatte. Karla war ihre beste Freundin und sie hatte überhaupt keine Ahnung, wie sie ihr das beibringen konnte. Aber eines war ihr klar, sie konnte sich nicht ewig davor drücken, und wenn Karla es von jemand anderem erfuhr, vielleicht von Joel selbst, und herausfinden würde, dass sie es schon früher gewusst, es ihr aber verschwiegen hatte, wäre sie sehr enttäuscht. Im Moment aber, das war Emma klar, hatte sie nicht den Mut und die richtigen Worte. Sie würde es ihr schon noch sagen.
Karla merkte, dass ihre Freundin unkonzentriert war. Irgendwas schien sie zu bedrücken, es war ihr jedoch nicht

anzusehen, womit es zu tun hatte. Sie wusste nicht recht, wie sie darauf reagieren sollte, und versuchte, Emma einfach so nett wie möglich zu behandeln. Ihre Freundin war sicher müde von der Reise und die Hitze machte jedem zu schaffen.

Unter der Schiene an ihrem Knöchel juckte es wie verrückt. Es war ein heißer Sommertag und Karla humpelte mit den Krücken über den Pferdehof. Die Hofhunde Bob und Shelly lagen im Schatten vor dem Wohnhaus und hielten Mittagsschlaf. Die Zeit schien stillzustehen. Nur die Fliegen, die um die im Schatten der knorrigen, alten Bäume stehenden Pferde herumsummten, waren in Bewegung, während die Sonne wie Feuer vom Himmel brannte.

Karla schwitzte, obwohl sie nur ein luftiges Top und Jeansshorts trug. Die Schiene wärmte zusätzlich und kratzte, dass es fast nicht zum Aushalten war. Niemand außer ihr war auf dem Hof. Emma hatte gesagt, dass sie erst später kommen würde, und Julia war mit ihrem Vater unterwegs. Karla humpelte zur Sattelkammer hinüber und setzte sich innen an den hölzernen Tisch, auf dem wie gewöhnlich ein paar Sporen und Leckerlis lagen.

Sie ließ ihren Blick über die Sättel schweifen, die auf Holzböcken lagen, die an der Wand angebracht waren. Sie stützte sich auf ihre Krücken und hüpfte zu einem der großen Schränke an der gegenüberliegenden Wand. Hier lagerte sie ihren Reithelm und andere kleine Dinge. Sie wusste, dass dort auch irgendwo ein Foto von ihrem ersten Turnier sein musste. Karla fand es unter ihren Handschuhen, die sie seit dem Winter nicht mehr gebraucht hatte. Sie betrachtete das Foto lange und ausgiebig und legte es dann zurück in ihr Fach. Sie hatte nur wissen wollen, ob es noch da war. Sich vergewissern, dass das alles wirklich einmal passiert war. Dass Karamba tatsächlich ihr Pferd war und es immer sein würde. Sie lächelte. „Wir sind ein

Team", flüsterte sie wie zu sich selbst. Vielleicht war es gut, dass sie Karamba einige Zeit nicht reiten konnte. Vielleicht merkte sie erst dadurch, was sie für ein Glück hatte, sonst immer ein so edles Pferd reiten zu dürfen, das obendrein ihr gehörte. Ein Hupen auf dem Hof ließ sie hochschrecken. Das Auto ihrer Mutter war vorgefahren.

„Warte", Karla stützte sich auf ihre Krücken, „ich muss mich noch von Karamba verabschieden."

Ihre Mutter lächelte und stieg aus. Karla humpelte, so schnell sie konnte, in Richtung Koppel. Die Krücken bohrten sich in den staubigen Boden. Ihre Mutter folgte ihr. Am Zaun angekommen pfiff Karla einmal kräftig durch die Zähne und schon kam ihr Hengst angetrabt. Das Mädchen hatte dem Araber dieses Kommando beigebracht und er hörte fast immer darauf. Sie strich ihm über das glänzende Fell und hielt ihm ein Leckerli hin. Ihre Mutter stand beeindruckt daneben und beobachtete die Szene. Sie wusste, wie sehr ihre Tochter dieses Pferd liebte.

In einer Woche würde die Schule wieder beginnen und dann waren es nur noch zwei Wochen, bis die Schiene endlich abgenommen werden würde. Karla saß bei ihren Meerschweinchen im Garten und langweilte sich. Dies waren wirklich die ersten Sommerferien, in denen ihr langweilig wurde. Cindy war wie fast immer beim Ballett und ihr Vater saß auf dem Mähdrescher. Wie sollte das nur weitergehen? Wie würde es werden, wenn die Schule begonnen hatte? Dann würde es sicher genügend Hausaufgaben geben, die Karla beschäftigten und ablenkten, aber selbst wenn, Schule war irgendwie nicht das, worauf man sich riesig freuen konnte. Es gab gar nichts, auf das sich Karla freute, außer dass sie in zwei Wochen wieder reiten durfte. Sie wusste, dass sie es nicht mehr lange aushalten würde, nicht mit Karamba über die Wiesen zu galoppieren.

Feinde

Vor dem Klassenzimmer standen ein paar Taschen, als Karla an diesem Montagmorgen das Schulgebäude betrat. Emma war schon da und erwartete ihre beste Freundin mit dem gewohnten Lächeln, hinter dem sich aber viele besorgte Gedanken versteckten. Was war mit Joel? Was würde passieren, wenn Karla und er heute aufeinandertrafen? Sollte sie ihre Freundin warnen? Auf dem Weg zum Klassenzimmer war ihr eben diese Stella begegnet. Woher kannte Joel sie? Und was war mit Teneriffa?

Karla wedelte ihrer in Gedanken versunkenen Freundin mit den Krücken vor der Nase herum. „Fang nicht jetzt schon an zu träumen, das kannst du machen, wenn unser neuer Klassenlehrer uns irgendeinen Mist erzählt. Aber es steht noch gar nicht fest, ob er das tut, also wach auf!"

Emma schreckte hoch. „Was? Ähh ... ja ..."

In diesem Moment kam ein Mädchen mit braunen, halblangen Haaren, die bei genauerem Hinsehen leicht rötlich schimmerten, und auffällig neonbunten Klamotten um die Ecke geschossen. Sie zwinkerte Karla und Emma zu und stellte sich neben sie. Jetzt erst fiel Karla ihr Halsband auf, das aus vielen kleinen, auf einem Lederband aneinandergereihten Muscheln bestand. Das ließ das Mädchen noch exotischer wirken.

„Hi, gehört ihr auch zur Klasse 8a?", begrüßte die Unbekannte die Freudinnen. Emma erkannte sie sofort.

Karla nickte. „Und du?"

Das Mädchen grinste breit. „Ich bin neu in die Stadt gezogen und werde in eure Klasse kommen. Ich bin übrigens Stella."

Karla lächelte. Die Neue war ihr sympathisch. „Ich bin Karla und das ist meine beste Freundin Emma."

Stella zwinkerte ihr erfreut zu. Dann fiel ihr Blick auf den Fuß mit der Schiene. „Wie ist das passiert?", fragte sie ehrlich interessiert.

„Reitunfall", erklärte Karla knapp.

In diesem Moment fiel Stella etwas ein. Nein! Das durfte nicht wahr sein, es musste sich um eine Verwechslung handeln. Ihre beiden neuen Klassenkameradinnen, besonders Karla, waren so freundlich und offen zu ihr und sie musste zugeben, dass sie gerne mit ihnen befreundet gewesen wäre, aber ...

Stella wusste nicht, wie sie sich verhalten sollte, und rannte einfach weg. Sehr zu Karlas Verwunderung.

„Du, Karla, ich muss dir noch was ...", setzte Emma schuldbewusst an.

In diesem Moment kam Joel um die Ecke gebogen, dicht gefolgt von Tim.

„Sag mal, bist du von allen guten Geistern verlassen?" Tim schien ordentlich sauer zu sein.

Karla hingegen war sehr froh, Joel endlich mal wiederzusehen.

„Jetzt geh zu ihr und bau nicht noch mehr Scheiße, als du schon angerichtet hast!" Tim war offenbar dabei, Joel die Leviten zu lesen.

Joel sah man an, dass es ihm nicht gut ging. „Okay", fuhr er seinen Kumpel an, „ich mach ja schon." Zielstrebig ging er auf Karla und Emma zu und platzte unvermittelt heraus: „Karla, ich mach Schluss! Es hat keinen Wert mehr."

Karla stand da und verstand gar nichts. Die Worte waren wie ein Schlag ins Gesicht, auch wenn sie erst nach und nach realisierte, was Joel eben gesagt hatte. Es war, als wäre das die Auflösung ihrer Gedanken, die sie in letzter Zeit gequält hatten. Das, woran sie nicht gewagt hatte zu denken. Das, wovor sie Angst gehabt hatte. Und jetzt war es da. Hart und grausam wie ein wildes Tier tobten die Wörter in ihrem Kopf. Sie blieb ruhig. Sie sog die Situation förmlich in sich auf. Sie wollte nichts mehr hören, nichts mehr sagen – nichts.

Emma legte den Arm um ihre Freundin. Sie hatte befürchtet, dass es so kommen würde.

Tim kam zu den beiden und sah Karla mitleidig an. „Er hat 'ne Neue. Hat sie auf Teneriffa im Urlaub kennengelernt und jetzt ist sie mit ihrer Familie hierher gezogen und kommt in unsere Klasse."

„Stella?" Karla konnte es immer noch nicht fassen. „Ist es diese Stella?" Tim nickte.

In diesem Moment kam diese um die Ecke. Sie legte Karla ebenfalls einen Arm um die Schulter. „Er ist 'n Arsch! Ich wusste nicht, dass er 'ne Freundin hat", verkündete sie.

„Hatte", verbesserte Karla Stella. Ihr Kopf war wie leer gefegt.

„Du bist so ein hübsches Mädchen. Ich kann nicht verstehen, wie der Junge so blind sein kann." Stella war anzumerken, dass die Geschichte sie sehr beschäftigte.

In diesem Moment erschien der neue Klassenlehrer Herr Mauser, woraufhin alle Schüler ins Klassenzimmer strömten. Karla und Emma setzten sich weit nach hinten in die letzte Reihe. Stella blieb verunsichert in der Tür stehen.

Der Lehrer reichte ihr die Hand. „Du musst Stella Lehmer sein." Sie nickte. „Bitte stell dich deiner neuen Klasse kurz vor." Herr Mauser setzte sich ans Pult und überließ dem Mädchen das Wort.

„Also, ich bin Stella und 13 Jahre alt. Ich bin schon oft umgezogen, weil mein Dad dienstlich viel rumkommt. Nun bin ich hier und freue mich drauf, euch alle kennenzulernen." Hatte diese Stella wirklich nicht gewusst, dass Joel schon vergeben war?

Emma musste es gewusst haben. Tim hatte es ihr garantiert gesagt. Warum hatte Emma sie nicht gewarnt? Auf einmal kochte Wut in Karla hoch. Sie sprang auf, stützte sich auf ihre Krücken und verließ das Klassenzimmer. Zwei Minuten später klingelte es zum Ende der letzten Stunde. Karla wusste nicht, wohin sie rennen sollte. Und von rennen konnte ohnehin nicht wirklich die Rede sein. Schließlich war sie auf die Krücken angewiesen und das reduzierte ihr Tempo auf etwa die Hälfte.

Zwei Wochen vergingen und es herrschte Eiszeit zwischen den Freundinnen. Karla vermied es, zur selben Zeit auf dem Nachbarhof zu sein wie Emma. In der Schule hatte sie sich in die letzte freie Bank verdrückt. Sie war enttäuscht. Wie hatte ihr ihre beste Freundin all das verschweigen können? Emma hatte zugegeben, davon gewusst zu haben. Sie hatte versucht, es Karla zu erklären, doch diese hatte es nicht hören wollen.

Es war ein Montag, als Karla nach der Schule direkt ins Krankenhaus musste, um die Schiene abnehmen zu lassen. Es war der Tag, auf den das Mädchen seit dem Unfall sehnlichst wartete. Der Tag, an dem es endlich wieder reiten konnte. Karla war glücklich, trotz des Streits mit Emma und der Trennung von Joel. Nach einer Stunde im Wartesaal kam sie endlich dran.

Ein Arzt befreite sie von der Schiene und testete ihren Fuß. „Alles wieder in Ordnung!" Er lächelte Karla fröhlich zu.

Sie bewegte ihren Fuß und es war sehr ungewohnt, wieder normal auftreten zu können. Die Dreizehnjährige tanzte vor Freude im Behandlungszimmer herum und war überglücklich. „Kann ich jetzt endlich wieder reiten?", fragte sie voller Übermut.

Der Arzt lächelte und machte beschwichtigende Handbewegungen. „Ja, du darfst wieder aufs Pferd steigen, aber pass auf. Wenn du noch einmal fällst, kann sich der Heilungsprozess sofort umkehren und die Sache kann viel schlimmer ausgehen." Karla nickte brav.

Als sie später beim Hof ankam, stand Emmas Fahrrad vor dem Tor. Karla wusste nicht, ob sie sich freuen sollte, dass Emma da war. Einerseits war sie ihre beste Freundin und hatte es sicher nur gut gemeint, andererseits war sie immer noch ein wenig sauer, dass sie ihr die Sache mit Stella verschwiegen hatte. Karla holte Karamba von der Koppel, als Julia aus dem Wohnhaus kam. „Oh, Karla, was sehe ich? Du bist die Schiene endlich los", bemerkte die junge Reitlehrerin erfreut. Karla strahlte. Sie war selbst überglücklich! Julia folgte ihr zum Putzplatz. „Du, Karla, wenn du schon mal hier bist, sollen wir dann nicht mal wieder eine Reitstunde machen?" Der Vorschlag gefiel Karla, auch wenn sie wusste, dass ihr Kopf noch sehr voll mit all den negativen Gedanken an Joel war und sie sich in den vergangenen Tagen auf wenig hatte konzentrieren können. Sie war sich nicht sicher, ob sie es in diesem Fall konnte. Wie sich wenig später auf dem Reitplatz herausstellte, waren ihre Bedenken nicht ganz unberechtigt gewesen. Karlas Gedanken schweiften immer wieder ab und sie machte Fehler, die sie sonst nicht machte. Das merkte auch Julia und sie wunderte sich darüber. „Karla, was ist denn los? So reitest du doch sonst nicht! Vielleicht solltest du etwas langsamer anfangen nach dem Unfall. Es gibt Menschen, die, ohne es zu merken, ein leichtes Trauma nach solch einem Sturz bekommen." Karla wusste nicht, was sie sagen sollte. Es hatte garantiert nichts mit dem Unfall zu tun, aber wie sollte sie das Julia klarmachen? Sie wollte nicht reden, mit niemandem!

Freunde für immer

Karla ritt den kleinen Feldweg am Rande der Koppeln entlang. Julia hatte ihr geraten, einen kleinen Ausritt zu machen. Es hätte keinen Sinn gehabt, auf dem Platz weiter schwierige Lektionen zu üben. Als sie außer Sichtweite des Hofes war, ließ sie Karamba angaloppieren. Die kühle Herbstluft fegte die negativen Gedanken aus ihrem Kopf. Karambas schneller Galopp ließ sie alles vergessen. Der Hengst fiel vom Galopp in den Trab und verlangsamte schließlich zum Schritt. Karla ließ ihm die Zügel und er schlug wie von selbst den Weg zu dem kleinen See in der Nähe ein. Hier hatte sie schon oft mit Julia oder Emma gesessen und war auch schon einige Male mit Karamba alleine hier gewesen.

Als sie den See über eine große Apfelbaumwiese erreicht hatte, entdeckte sie eine Person, die in sich zusammengesunken am Ufer hockte. Karla erkannte sie sofort: Es war ihre beste Freundin Emma. Nun tauchte auch die gescheckte Stute hinter einigen Bäumen auf.

Karla stieg ab und führte Karamba zu einem der Bäume, wo sie ihn grasen ließ. Dann lief sie hinüber zu Emma, die immer noch unverändert dahockte und aufs Wasser starrte. In diesem Moment wurde Karla bewusst, dass sie Emma kein bisschen mehr böse war. Sie hatte es nur gut gemeint und selbst in einer schweren Situation gesteckt.

Emma hatte sie bemerkt und stand auf. Karla ging auf sie zu und nahm ihre Freundin in den Arm. Sie sah, dass diese Tränen in den Augen hatte. Sie wusste, dass sie ihrer

Freundin wehgetan hatte, indem sie sie gemieden hatte. Es war nicht fair gewesen.

„Schon gut, Em, ich hab echt überreagiert. Der Fehler liegt nicht bei dir, sondern bei mir", flüsterte sie mit leiser Stimme.

Emma blickte sie mit ihren nussbraunen Augen an und Karla spürte, dass alles wieder gut war. Es war ein tolles Gefühl. Eines, das einem nur echte Freunde geben konnten. Die beiden Mädchen ritten gemeinsam zurück zum Reiterhof. Emma musste nach Hause, aber Karla trabte noch ein Stück weiter einen Feldweg entlang, der von kleinen, windschiefen Apfelbäumchen gesäumt war. Der Wind fegte über die Landschaft und es wurde kühler. Wolken zogen auf. Dunkle Regenwolken. Sie verdeckten die Sonne und der Wind pfiff immer stärker.

Karla ließ ihren Hengst den Weg entlanggaloppieren und genoss das Gefühl, der Wind fegte all die Gedanken aus ihrem Kopf. Der Pfad führte geradeaus über die Kuppe eines sanften Hügels. Es war der höchste Punkt an dieser Stelle der Landschaft und man hatte eine gute Aussicht von dort. Sie ließ ihr Pferd langsamer werden und hielt es schließlich an. Ihr Blick wanderte über die bunt daliegende Herbstlandschaft. An den Bäumen waren die meisten Blätter schon bunt gefärbt und ein paar waren sogar schon abgefallen. Die dunklen Wolken verliehen dem Ganzen einen geheimnisvollen Ausdruck.

Karamba stand ganz still da, als würde er andächtig das Naturschauspiel der schnell vorbeiziehenden Wolken beobachten. Karla tat das ebenfalls. Wie sie so dasaß, die Wolken beobachtete und ihr Pferd streichelte, wurde ihr klar, was ihr wichtig war. All das hier war es, was zählte in ihrem Leben. Mit den Wolken zogen auch die Wut und all die Gedanken an Joel fort. Der Schmerz verflog mit dem Wind wie die bunten Blätter, die der Sturm aufwirbelte.

Karla fühlte sich auf einmal frei. Freier als je zuvor. Sie hatte nichts verloren. Nein, im Gegenteil, sie hatte gewonnen. Und sie spürte, wie die Energie in ihren Körper zurückfloss.

Tränen rannen über ihr Gesicht. Aber es waren keine Tränen des Schmerzes. Es waren Tränen der Erleichterung und der Freude. Einer Freude, die sie selbst nicht wirklich beschreiben konnte. Vielleicht war es die Freude darüber, zu leben. Mit all den Menschen, die sie liebte. Und einem Geschöpf, mit dem sie sich mehr verbunden fühlte als mit allen anderen. Es war das wundervollste, schönste und stärkste Pferd der Welt, das stand für sie fest. Sie hatte nur mit seiner Hilfe all den Schmerz verarbeiten können, den ihr der Unfall und die Trennung von Joel bereitet hatten. Er war da und er war wunderbar. Das wurde ihr in diesem Moment so deutlich wie noch nie.

Ein leises Schnauben war die Bestätigung. Er war ihr bester Freund: Karamba la Lune.

Die Autorin

Leonie Stober wurde 1998 in Stuttgart geboren. Sie lebt mit ihren Eltern und einer jüngeren Schwester im Zollernalbkreis.

Derzeit besucht sie das Sozialwissenschaftliche Gymnasium in Hechingen. Zunächst mit Fortsetzungen von Schulaufsätzen begann sie ab dem 9. Lebensjahr mit dem Schreiben. *Karamba la Lune – Ein Wunder für Karla* ist ihr erstes größeres Werk, das 2012 fertiggestellt und Ende 2013 in Papierfresserchens MTM-Verlag veröffentlicht wurde. Die Fortsetzung *Karamaba la Lune – Die Drohung* schrieb sie direkt im Anschluss.

Leonie schreibt auch Drehbücher, woraus 2011 zusammen mit Klassenkameraden ein Videofilm entstand. Weitere Hobbys sind das Westernreiten, das Longboard fahren sowie das Musizieren auf der keltischen Harfe.

Unser Buchtipp

Leonie Stober
Karamba la Lune, Band 1
ISBN: 978-3-86196-276-2
Taschenbuch, 116 Seiten

Als Karamba la Lune unerwartet auf Karlas Nachbarhof auftaucht, ist das Mädchen sofort von dem schwarz-weißen Araberhengst mit der Sichelmondblesse verzaubert.

Doch das temperamentvolle und unberechenbare Pferd hat eine Macke: es lässt sich nur von bestimmten Personen reiten. Was hat das mit dem Amulett zu tun, das Karla seit einigen Jahren besitzt? Sie scheint die Einzige zu sein, zu der der Araber Vertrauen fasst.

Dann ist da plötzlich auch noch Morgan Le Fay, Karambas verrückte Zwillingsschwester, die ihm aufs Haar gleicht. Wer ist deren Auserwählter und welches Geheimnis steckt hinter den beiden Pferden? Auf einer Reise stoßen Karla und ihre beste Freundin Emma auf die unheimliche Vergangenheit der beiden bildhübschen Pferde.